한때 내 안에서 여름이 노래했었고

일러두기

- 이 책은 에드나 세인트 빈센트 밀레이가 쓴 시 중 50편을 골라 번역하고 엮은 것이다. 번역을 위해 옮긴이가 참고한 책은 다음과 같다. Edna St. Vincent Millay, *Collected Sonnets of Edna St. Vincent Millay* (Harper & Row, Publishers: New York, Evanston, and London, 1941), Edna St. Vincent Millay, *The Selected Poetry of Edna St. Vincent Millay* (Digiread.com Publishing, 2018), Edna St. Vincent Millay, *Wine From These Grapes* (Harper & Row, Publishers: New York and London, 1941), Timothy F. Jackson, ed., *Selected Poems of Edna St. Vincent Millay: An Annotated Edition* (Yale University Press: New Haven and London, 2016).

- 이 책에 실린 주석은 모두 옮긴이 주이다.

- 모든 행의 첫머리는 들여 쓰기를 하였다.

- 문장부호의 경우, 한국과 쓰임이 다른 부호가 있음을 고려하여 번역문에서는 한국식으로 썼다. 가령 대시(—)는 한국에서는 잘 쓰지 않는 문장부호임을 고려하여 번역문에는 문맥상 꼭 필요한 부분에만 넣었다. 감정을 나타내는 쉼표와 느낌표 등은 한국어 문장의 맥락과 호흡을 고려하여 생략하거나 추가했다.

- 한 편의 시가 여러 쪽으로 나뉘는 경우, 연 단위로 구분하고 시의 마지막 행에 '▶'를 표기하여 다음 쪽에 이어짐을 표시했다. 하나의 연이 길어서 여러 쪽으로 나뉘는 경우에는 '▶▶'를 표기하여 해당 연이 계속 이어짐을 표시했다.

- 작가의 저작을 표기할 때에는 시집과 장편·단편 작품을 구분하여 표기하였다. 시집은 겹낫쇠(『 』)를 표기하고 원제를 이탤릭체로, 장편 작품은 큰따옴표로 표기하고 원제를 이탤릭체로, 단편 작품은 홑낫쇠(「 」)를 표기하고 원제를 정자로 썼다. 문학잡지, 계간지 등은 '≪ ≫'로 표기하고, 원제를 이탤릭체로 썼다. 문학 작품 외에 공연 등 극 작품은 '< >'로 표기했다.

한울세계시인선 07

한때 내 안에서 여름이 노래했었고

에드나 세인트 빈센트 밀레이 시선집

에드나 세인트 빈센트 밀레이 지음

강문순 옮김

차례

4

소네트

Contents

Sonnets

아름다움만으로는 충분치 않다
끈적이며 움트는 작은 이파리의 붉은색으로는
더 이상 나를 침묵시킬 순 없다

Afternoon on a Hill

I will be the gladdest thing
  Under the sun!
I will touch a hundred flowers
  And not pick one.

I will look at cliffs and clouds
  With quiet eyes,
Watch the wind blow down the grass,
  And the grass rise.

And when lights begin to show
  Up from the town,
I will mark which must be mine,
  And then start down!

언덕 위의 오후

태양 아래에서
  제가 가장 행복한 사람일 겁니다!
꽃 백 송이를 만진다 해도
  한 송이도 꺾지 않을 겁니다.

차분히
  벼랑과 구름을 바라보고,
풀잎이 바람에 누웠다가
  다시 일어나는 걸 지켜볼 겁니다.

마을에 불이
  켜지기 시작하면
내 불빛 마음에 새기며
  내려갈 겁니다!

Ashes of Life

Love has gone and left me and the days are all alike;

Eat I must, and sleep I will, — and would that night were here!

But ah! — to lie awake and hear the slow hours strike!

Would that it were day again! — with twilight near!

Love has gone and left me and I don't know what to do;

This or that or what you will is all the same to me;

But all the things that I begin I leave before I'm through, —

There's little use in anything as far as I can see.

Love has gone and left me, — and the neighbors knock and borrow,

And life goes on forever like the gnawing of a mouse, —

And to-morrow and to-morrow and to-morrow and to-morrow

There's this little street and this little house.

삶의 재

사랑은 날 남겨두고 가버렸다. 그래도 일상은 똑같다,
　난 먹어야 할 것이고, 잠도 자야 하니 밤이 되기를 바란다!
　하지만 아! ─ 뜬 눈으로 누워 느릿느릿 가는 시간 소리를 듣는
다는 것이란!
　다시 낮이 되길! ─ 그랬다가 순식간에 어스름으로 바뀌길!

사랑은 날 남겨두고 가버렸다. 뭘 해야 할지 모르겠다,
　이것을 하든 저것을 하든, 아니면 그대가 뭘 하든 내겐 마찬
가지지만
　뭘 시작하든 끝내지 못하고 있다, ─
　눈에 보이는 모든 것 다 의미가 없다.

사랑은 날 남겨두고 가버렸다, ─ 그래도 이웃들은 내게 와 문을
두드리고 무언가를 빌려간다,
　그리고 삶은 영원히 계속된다, 쥐가 갉아 먹듯 ─
　그리고 내일, 그리고 내일, 그리고 내일, 그리고 내일
　이 작은 거리 그리고 이 작은 집 여전히 있다.

Autumn Daybreak

Cold wind of autumn, blowing loud
At dawn, a fortnight overdue,
Jostling the doors, and tearing through
My bedroom to rejoin the cloud,

I know — for I can hear the hiss
And scrape of leaves along the floor —
How may boughs, lashed bare by this,
Will rake the cluttered sky once more.

Tardy, and somewhat south of east,
The sun will rise at length, made known
More by the meagre light increased
Than by a disk in splendour shown; ‣

가을 새벽녘

새벽녘 요란스레 부는
보름 정도 늦은 가을 찬 바람이
문들을 밀고 들어와 내 침실을 찢어버리는 듯 통과해
다시 구름에게 몰려간다.

나는 잘 알고 있다 — 바닥에서 낙엽들이
섯 소리를 내며 쓸려가는 것을 보니
이 바람이 얼마나 많은 가지들을 내려쳐 나무들을 헐벗게 할
지를,
그리고 또다시 저 뒤숭숭한 하늘을 갈퀴여 댈지를.

느릿느릿 동쪽에서 약간 남쪽인 곳에서
어쨌든 해는 떠오르겠지만 이를 알게 하는 것은
화려한 광채를 내뿜는 원이 아니라
늘어나는 빈약한 빛일 뿐, ▸

When, having but to turn my head,

Through the stripped maple I shall see,

Bleak and remembered, patched with red,

The hill all summer hid from me

고개를 돌려야만 할 때, 내 눈에 들어오는 것은
헐벗은 단풍나무 사이로 그 황량하고, 여전히 기억나는,
군데군데 붉은빛 도는
여름이 내게 숨겨두었던 그 언덕.

Being Young and Green

Being Young and Green, I said in love's despite:
Never in the world will I to living wight
Give over, air my mind
To anyone,
Hang out its ancient secrets in the strong wind
To be shredded and faded —

Oh, me, invaded
And sacked by the wind and the sun!

어려 미숙했던

어려 미숙했던 나는 사랑을 하면서도 이렇게 말했었다.
세상 그 어떤 살아 있는 사람에게도
내 마음을 주거나 보여주지 않겠다고,
그 누구에게도,
내 마음속 그 오래된 비밀들을 거친 바람에
매달아 놓고 그것들이 찢기고 희미해지도록 하지는 않겠다고—

오, 나는 바람과 태양에
침략당하고 약탈당했다!

Burial

Mine is a body that should die at sea!
  And have for a grave, instead of a grave
Six feet deep and the length of me,
  All the water that is under the wave!
And terrible fishes to seize my flesh,
  Such as a living man might fear,
And eat me while I am firm and fresh, —
  Not wait till I've been dead for a year!

장례

내 몸은 바다에서 죽어야 할 몸!
　그리고 무덤으로는, 깊이가 육 피트,
길이가 내 키만 한 무덤이 아니라,
　파도 아래의 모든 바다!
그리고 살아 있는 사람들이 겁내는
　무서운 물고기들이 내 살을 잡고,
나 죽은 지 일 년이 될 때까지 기다리지 말고
　내 몸 단단하고 싱싱할 때 나를 먹기를!

Childhood Is The Kingdom Where Nobody Dies

Childhood is not from birth to a certain age and at a certain age
The child is grown, and puts away childish things.
Childhood is the kingdom where nobody dies.

Nobody that matters, that is. Distant relatives of course
Die, whom one never has seen or has seen for an hour,
And they gave one candy in a pink-and-green striped bag, or a jack-knife,
And went away, and cannot really be said to have lived at all.

And cats die. They lie on the floor and lash their tails,
And their reticent fur is suddenly all in motion
With fleas that one never knew were there, ▸▸

어린 시절은 아무도 죽지 않는 왕국이다

어린 시절이라 함은 태어나서 어느 특정 나이가 될 때까지가
아니다,

그리고 어느 특정 나이가 되면 다 커서 어린 시절 것들을 치워
버린다.

어린 시절은 아무도 죽지 않는 왕국이다.

즉, 중요한 사람은 아무도 죽지 않는다. 한 번도 본 적 없는 혹
은 한 시간 정도 봤던

먼 친척들은 물론 죽는다,

그리고 그들은 분홍, 초록 줄무늬 봉지에 든 사탕 하나, 혹은
잭나이프를 주고

가버렸다. 따라서 그들을 실제 살았던 사람들이라고 말할 수
없다.

그리고 고양이들도 죽는다. 죽을 때 고양이들은 바닥에 누워
서 꼬리를 쳐댄다,

그러면 잠잠하던 털이 누구도 거기에 있는 줄 몰랐던 벼룩들
때문에

갑자기 움직인다, ▸▸

Polished and brown, knowing all there is to know,

Trekking off into the living world.

You fetch a shoe-box, but it's much too small, because she
won't curl up now:

So you find a bigger box, and bury her in the yard, and weep.

But you do not wake up a month from then, two months,

A year from then, two years, in the middle of the night

And weep, with your knuckles in your mouth, and say Oh,
God! Oh, God!

Childhood is the kingdom where nobody dies that matters, —
mothers and fathers don't die.

And if you have said, "For heaven's sake, must you always
be kissing a person?"

Or, "I do wish to gracious you'd stop tapping on the
window with your thimble!"

Tomorrow, or even the day after tomorrow if you're busy
having fun,

Is plenty of time to say, "I'm sorry, mother." ‣

반들반들 윤이 나는 세상 모든 것 다 아는 갈색 벼룩은

살아 있는 세상 속으로 천천히 떨어져 나온다.

당신은 구두 상자를 갖고 오지만 이제 몸을 웅크릴 수 없게 된 고양이에게 그것은 너무 작다,

그러면 당신은 더 큰 상자를 찾아와서 고양이를 마당에 묻고 슬피 운다.

그러나 한 달 혹은 두 달이 지나, 한 해 혹은 두 해가 지나,

한밤중 잠에서 깨

주먹으로 입을 틀어막고 오 하느님, 오 하느님 하면서 울지 않는다.

어린 시절은 중요한 사람이 아무도 죽지 않는 왕국이다. ― 엄마들과 아버지들은 죽지 않는다.

그리고 "한데, 엄마는 항상 누군가에게 입맞춤을 하고 계셔야 돼요?"

아니면 "엄마, 골무 낀 손가락으로 창을 두드리지 않으셨으면 해요"라고 당신이 말했었어도,

내일이나 혹은 모레라도 네가 노느라 정신이 없어도,

"엄마, 미안해요"라고 말할 수 있는 시간은 충분하다. ▸

To be grown up is to sit at the table with people who have died, who neither listen nor speak;

Who do not drink their tea, though they always said

Tea was such a comfort.

Run down into the cellar and bring up the last jar of raspberries; they are not tempted.

Flatter them, ask them what was it they said exactly

That time, to the bishop, or to the overseer, or to Mrs. Mason;

They are not taken in.

Shout at them, get red in the face, rise,

Drag them up out of their chairs by their stiff shoulders and shake them and yell at them;

They are not startled, they are not even embarrassed; they slide back into their chairs. ‣

다 컸다는 것은 죽어서 듣지도 말하지도 않는 사람들과 같이,

차 마시는 것이 일상의 행복이라고 늘 말해왔지만 차를 마시지 않는 사람들과 함께

식탁에 앉는 것이다.

지하 저장고로 달려 내려가 마지막 산딸기 병을 가져와도 그들은 넘어오지 않는다.

그들을 구슬려 봐라, 그들에게 물어봐라.

그때 주교에게 혹은 감독관에게, 혹은 메이슨 부인에게 정확히 뭐라고 말했는지를.

그들은 넘어오지 않는다.

그들에게 소리를 지르고, 얼굴을 붉히며 일어나라,

뻣뻣한 어깨를 잡고 그들을 의자에서 끌어내 흔들어 대고 소리를 질러라.

그들은 놀라지 않을 것이다. 당황도 하지 않을 것이다. 그저 슬그머니 의자에 다시 앉을 것이다. ‣

Your tea is cold now.

You drink it standing up,

And leave the house.

네 차는 식었다.

너는 선 채 차를 마신다.

그러고는 집을 나선다.

Departure

It's little I care what path I take,
And where it leads it's little I care;
But out of this house, lest my heart break,
I must go, and off somewhere.

It's little I know what's in my heart,
What's in my mind it's little I know,
But there's that in me must up and start,
And it's little I care where my feet go.

I wish I could walk for a day and a night,
And find me at dawn in a desolate place
With never the rut of a road in sight,
Nor the roof of a house, nor the eyes of a face.

I wish I could walk till my blood should spout,
And drop me, never to stir again,
On a shore that is wide, for the tide is out,
And the weedy rocks are bare to the rain. ›

떠나며

어느 길로 가든 개의치 않는다.
그리고 그 길로 가면 어디가 나오든 개의치 않는다.
하지만 이 집 밖을 벗어나, 내 가슴 무너지기 전,
어디론가 떠나야만 한다.

내 가슴속에 뭐가 있는지 잘 모르지만,
잘 모르지만, 내 마음속에 뭐가 있는지
내 안에는, 일어나 떠나야만 하는 그 뭐가 있다.
발길이 어디로 향하든 개의치 않는다.

온종일 그리고 밤새 내내 걸어 새벽이면
어느 쓸쓸한 곳에 가 있고 싶다.
길에 난 바큇자국도, 집의 지붕도
얼굴의 눈도 보이지 않는 곳.

피가 뿜어져 나오고,
물이 빠져 넓어진
해초가 빽빽한 바위가 온 비를 그대로 맞고 있는 바닷가에서
쓰러져 다시 움직일 수 없게 될 때까지 걷고 싶다. ▸

But dump or dock, where the path I take
Brings up, it's little enough I care;
And it's little I'd mind the fuss they'll make,
Huddled dead in a ditch somewhere.

"Is something the matter, dear," she said,
"That you sit at your work so silently?"
"No, mother, no, 'twas a knot in my thread.
There goes the kettle, I'll make the tea."

쓰레기장이든 선창가든, 어디가 나오든
개의치 않는다.
그리고 어디 도랑 속에 처박혀 죽었을 때
사람들이 난리를 쳐도 아랑곳하지 않는다.

"뭔 일 있니, 애야," 엄마가 물었다.
"일하다가 왜 아무 말도 하지 않고 앉아 있는 거니?"
"아니에요, 엄마, 아니에요. 실이 엉켜서 그래요.
주전자가 끓고 있으니 차 타가지고 올게요."

Dirge Without Music

I am not resigned to the shutting away of loving hearts in the hard ground.

So it is, and so it will be, for so it has been, time out of mind:

Into the darkness they go, the wise and the lovely. Crowned

With lilies and with laurel they go; but I am not resigned.

Lovers and thinkers, into the earth with you.

Be one with the dull, the indiscriminate dust.

A fragment of what you felt, of what you knew,

A formula, a phrase remains, — but the best is lost.

The answers quick and keen, the honest look, the laughter, the love, —

They are gone. They are gone to feed the roses. Elegant and curled

Is the blossom. Fragrant is the blossom. I know. But I do not approve. ▸▸

음악이 빠진 만가(輓歌)

나는 체념하지 않는다. 사랑하는 가슴들이 땅속에 갇혀버렸다고,

지금도 그렇고, 앞으로도 그럴 것이다. 가늠할 수 없는 오래전부터 그러했으니,

암흑 속으로 그들은 들어간다. 현명한 이들, 사랑스런 이들, 백합과 월계수 왕관을 쓰고.

그러나 나는 체념하지 않는다.

사랑하는 이들, 생각하는 이들, 그대들과 땅속으로 들어가
어느 누구 차별하지 않는 갑갑한 흙과 하나가 된다.
그대들이 느꼈던, 그대들이 알았던 하나의 조각,
늘 하던 표현, 문구는 남아 있지만 가장 좋은 것은 사라졌다.

그 재빠르고 예리했던 대답, 그 정직한 표정, 그 웃음, 그 사랑—
그런 것들 모두 다 사라져 장미의 먹이가 되었다. 덩굴로 피는 장미는
우아하고 향기롭다. 나는 잘 알고 있다. 하지만 인정은 안 한다. ▸▸

More precious was the light in your eyes than all the roses in the world.

Down, down, down into the darkness of the grave
Gently they go, the beautiful, the tender, the kind;
Quietly they go, the intelligent, the witty, the brave.
I know. But I do not approve. And I am not resigned.

이 세상 모든 장미보다 더 귀한 것은 그대의 눈빛이다.

아래로, 아래로, 아래로 무덤의 암흑 속으로

얌전히 그들은 간다, 아름다운 이들, 다정한 이들, 친절한 이들;

말없이 그들은 간다, 똑똑한 이들, 재기 넘치는 이들, 용감한
이들.

나는 잘 알고 있다. 하지만 인정은 안 한다. 따라서 나는 체념
하지 않는다.

Doubt No More that Oberon

Doubt no more that Oberon —
Never doubt that Pan
Lived, and played a reed, and ran
After nymphs in a dark forest,
In the merry, credulous days, —
Lived, and led a fairy band
Over the indulgent land!
Ah, for in this dourest, sorest
Age man's eye has looked upon,
Death to fauns and death to fays,
Still the dog-wood dares to raise —
Healthy tree, with trunk and root —

Ivory bowls that bear no fruit,
And the starlings and the jays —
Birds that cannot even sing —
Dare to come again in spring!

더 이상 의심하지 마라, 오베론이

더 이상 의심하지 마라, 오베론이 ―
절대로 의심하지 마라, 팬이
어두운 깊은 숲에서
갈대피리를 불면서, 요정을 쫓아다니며
살았다는 것을 ―
그 흥겹고 불신이란 것을 몰랐던 그 시절에
살아서 그 인정 넘치는 땅에서
그는 진정 요정 무리를 이끌었다는 것을.
인간들이 목신들과 요정들의 죽음을 봐야 하는
아, 이 암담한 시련의 시대에도
산딸나무는 건강한 몸통과 뿌리로 ―
과감히 일어났고, ―

열매가 안 열리는 아이보리 꽃과,
노래조차 할 수 없는 새들 ―
찌르레기와 어치가
봄이 되니 과감히 다시 돌아오고 있구나!

Ebb

I know what my heart is like
  Since your love died:
It is like a hollow ledge
Holding a little pool
  Left there by the tide,
  A little tepid pool,
Drying inward from the edge.

썰물

당신의 사랑이 죽은 다음
　제 마음 어떤지 잘 알고 있습니다.
작은 물웅덩이가 있는
가운데가 텅 빈 튀어나온 바위 같습니다.
　썰물이 남기고 간
　작고 미지근한 그 물웅덩이가
가장자리부터 말라가고 있답니다.

Elegy Before Death

There will be rose and rhododendron
  When you are dead and under ground;
Still will be heard from white syringas
  Heavy with bees, a sunny sound;

Still will the tamaracks be raining
  After the rain has ceased, and still
Will there be robins in the stubble,
  Brown sheep upon the warm green hill.

Spring will not ail nor autumn falter;
  Nothing will know that you are gone,
Saving alone some sullen plough-land
  None but yourself sets foot upon;

Saving the may-weed and the pig-weed
  Nothing will know that you are dead, —
These, and perhaps a useless wagon
  Standing beside some tumbled shed. ›

죽기 전에 바치는 애가(哀歌)

그대 죽어 땅속에 있어도
  장미와 진달래는 펴 있을 것이고,
여전히, 벌들의 무게로 버거워하는
  흰 수수꽃다리로부터 햇빛 찬란한 소리 들리고

여전히, 비 그친 뒤에도
  낙엽송들은 빗물을 뿌리고,
여전히, 그루터기에는 지빠귀들이,
  따스한 초록 비탈엔 갈색 양들이 있을 것이다.

봄은 아파하지 않고 가을은 비틀거리지 않을 것이다.
  그대 떠났다는 것 그 어떤 것도 알지 못할 것이다.
어느 음울한 경작지 빼고는,
  그대 말고는 그 누구도 발 디딘 적 없는.

마트리카리아와 명아주를 빼고는,
  그대 떠났다는 것 그 어떤 것도 알지 못할 것이다.
그것들과, 어쩌면 어느 무너진 헛간
  곁에 서 있는 못 쓰게 된 마차 빼고는. ▸

Oh, there will pass with your great passing

  Little of beauty not your own, —

Only the light from common water,

  Only the grace from simple stone!

오 그대가 사라진다는 것이 그 아무리 엄청난 일이라 해도

　그대의 아름다움 아닌 다른 아름다움이 크게 많이 사라지는
것은 아니다.

　사라지는 것은 단지 평범만 물에 비치던 빛뿐,

　흔한 돌에 새겨져 있던 우아함뿐.

Epitaph

Heap not on this mound
  Roses that she loved so well:
Why bewilder her with roses,
  That she cannot see or smell?

She is happy where she lies
  With the dust upon her eyes.

묘비명

이 무덤 위에 그녀가 그토록 좋아했던
  장미를 쌓아놓지 마세요.
더 볼 수 없거나 향기도 맡을 수 없는
  장미를 가지고 그녀를 당혹케 할 필요는 없습니다.

흙이 두 눈을 덮고 있는 그곳에 누워 있는 그녀는
  지금 행복하답니다.

First Fig

My candle burns at both ends;
  It will not last the night;
But ah, my foes, and oh, my friends —
  It gives a lovely light!

첫 번째 무화과

내 초는 양 끝에서 타고 있다.
　하룻밤도 못 가겠지만,
하지만 아, 내 적들이여, 그리고 오, 내 친구들이여 ―
　그 빛, 이 얼마나 사랑스러운가!

In the Grave No Flower

Here dock and tare.
But there
No flower.

Here beggar-ticks, 'tis true;
Here the rank-smelling
Thorn-apple, — and who
Would plant this by his dwelling?
Here every manner of weed
To mock the faithful harrow:
Thistles, that feed
None but the finches; yarrow,
Blue vervain, yellow charlock; here
Bindweed, that chokes the struggling year;
Broad plantain and narrow.

But there no flower. ▸

무덤에는 꽃이 없어야

여기엔 소리쟁이와 살갈퀴가,
그러나 거기엔
꽃이 없어야.

여기엔 가막사리, 정말이다.
여기에 역겨운 냄새가 나는
독말풀이 ― 그런데 누가 이것을
집 옆에 심고 싶어 할까?
여기엔 부지런한 써레를 비웃는
온갖 종류의 잡초들이.
작은 되새들만 먹는
엉겅퀴; 가세풀,
푸른 톱풀, 노란 들갓, 여기엔;
버둥거리는 세월의 목을 조르는 메꽃 덩굴이,
질경이, 잎 넓은 것, 잎 좁은 것 모두

그러나 거기엔 꽃이 없어야. ▸

The rye is vexed and thinned,

The wheat comes limping home,

By vetch and whiteweed harried, and the sandy bloom

Of the sour-grass; here

Dandelions, — and the wind

Will blow them everywhere.

Save there.

There

No flower.

살갈퀴와 흰 등골나물들에 시달려
짜증이 난 호밀은 홀쭉해지고
밀은 다리 절뚝이며 집으로 오고, 그리고
옅은 갈색의 점박이사랑초 꽃,
여기엔 민들레들이 ― 그리고 바람은
그것을 사방으로 날려 보내리.

거기는 예외.
거기엔
꽃이 없어야.

Kin to Sorrow

Am I kin to Sorrow,
　That so oft
Falls the knocker of my door —
　Neither loud nor soft,
But as long accustomed,
　Under Sorrow's hand?
Marigolds around the step
　And rosemary stand,
And then comes Sorrow —
　And what does Sorrow care
For the rosemary
　Or the marigolds there?
Am I kin to Sorrow?
　Are we kin?
That so oft upon my door —
　Oh, come in!

슬픔의 친척

내가 슬픔과 친척이라서,
　슬픔은
크지도 낮지도 않게,
　그리도 자주
오래 해와서 익숙한 듯—
　내 문을 두드리는가?
계단 주변엔 금잔화와
　로즈메리가 있고,
그리고 슬픔이 나를 찾아온다—
　그리고 슬픔이
거기 있는 로즈메리나
　금잔화에 관심이나 있을까?
내가 슬픔과 친척이라 그런가?
　우린 정말 친척인가?
이토록 자주 내 문을 두드리는 것으로 보아—
　오, 어서 들어오세요!

Lament

Listen, children:

Your father is dead.

From his old coats

I'll make you little jackets;

I'll make you little trousers

From his old pants.

There'll be in his pockets

Things he used to put there,

Keys and pennies

Covered with tobacco;

Dan shall have the pennies

To save in his bank;

Anne shall have the keys

To make a pretty noise with.

Life must go on,

And the dead be forgotten;

Life must go on,

Though good men die;

Anne, eat your breakfast; ▸▸

애도

얘들아, 잘 듣거라.
너희 아빠가 돌아가셨다.
아빠가 입던 코트로
네게 맞는 작은 재킷을 만들어 주마.
아빠가 입던 바지로
네게 맞는 작은 바지를 만들어 주마.
아빠가 주머니 속에 넣고 다니던
담배 가루 묻은
열쇠와 동전을
주머니에 넣어주마
댄은 그 동전으로
은행에 저금을 하고,
앤은 그 열쇠를 장난감 삼아
가지고 놀거라. 예쁜 소리가 날 거다.
산 사람은 계속 살아가야 하고
죽은 사람은 잊혀야 한단다.
아무리 착한 사람이 죽었다고 해도
산 사람은 계속 살아가야 하니까.
앤, 아침 먹어야지. ▸▸

Dan, take your medicine;

Life must go on;

I forget just why.

댄, 약 먹어야지;

산 사람은 계속 살아가야 한단다.

왜 그래야 하는지 생각이 나지 않는구나.

Lines for a Grave-Stone

Man alive, that mournst thy lot,
Desiring what thou hast not got,
Money, beauty, love, what not;

Deeming it blesseder to be
A rotted man, than live to see
So rude a sky as covers thee;

Deeming thyself of all unblest
And wretched souls the wretchedest,
Longing to die and be at rest;

Know that however grim the fate
That sent thee forth to meditate
Upon my enviable state,

Here lieth one who would resign
Gladly his lot, to shoulder thine.
Give me thy coat; get into mine.

묘비에 새겨 넣을 시

자신의 운명을 슬퍼하면서
그대가 얻지 못한
돈, 미모, 사랑 따위를 갈구하며

그대를 뒤덮은 그 삭막한 하늘을 보며 사느니
차라리 썩어버린 주검이 되는 것을
축복이라 여기고,

축복받지 못한 모든 영혼 중에서
자신을 가장 비참한 영혼이라 여겨
죽어서 편히 쉬기를 갈망하는 살아 있는 이여.

알아야 한다. 내 상태를 부럽다고
생각할 정도로
운명이 아무리 가혹하다 할지라도

여기, 기꺼이 자신의 운명을 포기하고
당신의 운명을 짊어져 줄 사람이 누워 있으니
그대의 외투는 내게 주고 내 것을 걸치시게나.

Mariposa

Butterflies are white and blue
In this field we wander through.
Suffer me to take your hand.
Death comes in a day or two.
All the things we ever knew
Will be ashes in that hour,
Mark the transient butterfly,
How he hangs upon the flower.

Suffer me to take your hand.
Suffer me to cherish you
Till the dawn is in the sky.
Whether I be false or true,
Death comes in a day or two.

나비

우리가 어슬렁거리는 이 들판
나비들은 하얗고 파랗다.
네 손을 잡게 해다오,
하루나 이틀 있으면 죽음이 온다.
우리가 알았던
모든 것들 다 재가 된다.
저 덧없는 나비에 주목하라.
꽃 위에 어떻게 앉아 있는지를.

네 손을 잡게 해다오,
너를 가슴에 간직하게 해다오,
하늘에 동이 틀 때까지,
내가 그르든 혹은 옳든,
하루나 이틀 있으면 죽음이 온다.

Midnight Oil

Cut if you will, with Sleep's dull knife,
  Each day to half its length, my friend, —
The years that Time take off my life
  He'll take from off the other end!

밤새 불 밝히며

잘라라, 그러고 싶으면, 잘 들지 않는 잠의 칼로,
　하루의 길이를 반으로, 나의 친구여, ―
시간이 내 인생에서 뺏어가는 세월을
　그는 반대쪽 그 절반에서 뺏어올 것이다.

Moriturus

If I could have
  Two things in one:
The peace of the grave,
  And the light of the sun;

My hands across
  My thin breast-bone,
But aware of the moss
  Invading the stone,

Aware of the flight
  Of the golden flicker
With his wing to the light;
  To hear him nicker

And drum with his bill
  On the rotted willow;
Snug and still
  On a gray pillow ›

죽어가며

내가 한 번에 두 개를
  가질 수 있다면,
무덤의 평온과
  태양의 빛을,

앙상한 가슴뼈를 가로질러
  두 손이 올려져 있지만
이끼가 돌을 쳐들어오는 것을
  의식하고

황금 딱따구리가
  날갯짓하며 빛을 따라
날아오르는 것을 의식하고,
  끽끽 소리를 내며

부리로 썩은 버드나무를 탁탁 치는
  소리 들으며,
길에서 떨어져 있고.
  깨진 접시에서 떨어져 나간 ▸

Deep in the clay

  Where digging is hard,

Out of the way, —

  The blue shard

Of a broken platter —

  If I might be

Insensate matter

  With sensate me

Sitting within,

  Harking and prying,

I might begin

  To dicker with dying.

For the body at best

  Is a bundle of aches,

Longing for rest;

  It cries when it wakes ‣

푸른 사금파리가 있는,
　파기 힘든
진흙 깊은 곳에서
　아늑하고 고요히

회색 베개를 베고 있어
　지금은
무감각한 물질이 되어버렸지만
　그래도 감각이 안에 남아 있어

듣고 눈여겨볼 수 있다면
　나는 죽어간다는 것과
흥정을
　시작해 볼 수 있을 것이다.

육체는 기껏해야
　안식을 갈망하는
고통의 덩어리일 뿐
　육체는 아침에 일어나서는　▸

"Alas, 'tis light!"
　At set of sun
"Alas, 'tis night,
　And nothing done!"

Death, however,
　Is a spongy wall,
Is a sticky river,
　Is nothing at all.

Summon the weeper,
　Wail and sing;
Call him Reaper,
　Angel, King;

Call him Evil
　Drunk to the lees,
Monster, Devil, —
　He is less than these. ▸

"아, 날이 밝았군."
　해 질 녘엔
"아 날은 저무는데
　해놓은 게 아무것도 없구나!"라며 흐느낀다.

죽음은 하지만
　스펀지로 된 벽이고,
끈적한 강물이며,
　아무것도 아니다.

곡하는 사람을 불러오라
　통곡하고 애도의 노래를 불러라
죽음을 거두어들이는 자,
　천사, 왕이라 불러라

죽음을 악이라 불러라
　사악함으로 취한
괴물, 악마라 불러라
　죽음은 이것들보다 못하다. ▸

Call him Thief,
　The Maggot in the Cheese,
The Canker in the Leaf, —
　He is less than these.

Dusk without sound,
　Where the spirit by pain
Uncoiled, is wound
　To spring again;

The mind enmeshed
　Laid straight in repose,
And the body refreshed
　By feeding the rose, —

These are but visions;
　These would be
The grave's derisions,
　Could the grave see. ‣

죽음을 도둑이라,
  상한 치즈 속의 구더기,
잎 궤양이라 불러라.
  죽음은 이것들보다 못하다.

침묵하는 황혼 녘에
  아파하는 영혼이 몸을 펴,
다시 튀어 오르기 위해
  몸을 움츠린다.

얽혔던 정신은
  안식 속에 똑바로 눕혀지고
육체는 장미를 먹여
  생기를 되찾는다.

이것들은 단지 환상일 뿐
  무덤이 볼 수 있다면
이것들은 무덤의
  조롱거리일 뿐 ▸

Here is the wish

  Of one that died

Like a beached fish

  On the ebb of the tide:

That he might wait

  Till the tide came back,

To see if a crate,

  Or a bottle, or a black

Boot, or an oar,

  Or an orange peel

Be washed ashore....

  About his heel

The sand slips;

  The last he hears

From the world's lips

  Is the sand in his ears. ▸

여기 죽은 자의
  바람이 있다
썰물 때
  해변에 남겨진 물고기 같은

그는 밀물 때까지
  기다릴 수 있기를
나무 상자 혹은 병,
  혹은 검은

장화 한 짝
  혹은 노 한 자루
혹은 오렌지 껍질이
  해변으로 밀려오는 것을 보기 위해

그의 발꿈치 주위로
  모래가 미끄러진다.
그가 세상의 입술로부터 들은 마지막 것은
  그의 귓속으로 들어간 모래의 소리다. ▸

What thing is little? —

  The aphis hid

In a house of spittle?

  The hinge of the lid

Of the spider's eye

  At the spider's birth?

"Greater am I

  By the earth's girth

Than Mighty Death!"

  All creatures cry

That can summon breath; —

  And speak no lie. ›

어떤 것을 하찮다고 하는가?

  거품집*에

숨어 있는 진딧물이 그러한가?

  거미가 태어날 때

거미의 눈꺼풀

  경첩이 그러한가?

"이 세상의 허리둘레로 치면

  그 힘센 죽음보다,

내가 더 커."

  숨을 모을 수 있는

모든 생명체가 외친다,

  그리고 절대 거짓을 말하지 않는다. ▸

•   거품집(spittle). 곤충에게서 분비되는 사람의 침처럼 거품이 이는 액체

For he is nothing;

  He is less

Than Echo answering

  "Nothingness!" —

Less than the heat

  Of the furthest star

To the ripening wheat;

  Less by far,

When all the lipping

  Is said and sung,

Than the sweat dripping

  From a dog's tongue.

This being so,

  And I being such,

I would liever go

  On a cripple's crutch, ▸

죽음은 아무것도 아니기 때문이다.
　죽음은 "아무것도 아니야"라고 응답하는
메아리보다
　못하며,

가장 멀리 있는 별이
　익어가는 밀에게 보내주는
열기보다
　훨씬 못하며,

더 더 못하다
　모든 말을 하고 모든 노래를 해도
개의 혀에서
　떨어지는 땀보다.

이렇기에
　그리고 나도 이렇기에
다리가 잘려 넘어질 바에야
　나는 차라리 절름발이의 목발을 ▸

Lopped and felled;
  Liever be dependent
On a chair propelled
  By a surly attendant

With a foul breath,
  And be spooned my food,
Than go with Death
  Where nothing good,

Not even the thrust
  Of the summer gnat,
Consoles the dust
  For being that.

Needy, lonely,
  Stitched by pain,
Left with only
  The drip of the rain ›

짚고 다니련다,
  차라리 무뚝뚝하고
입냄새 고약한
  수행원이 밀어주는 의자에

의지한 채
  밥은 누가 떠먹여 줘야 먹을 수 있더라도
그래도 좋은 것 하나 없는 곳으로
  죽음과 함께 가느니 차라리.

여름날 각다귀의
  활기참도
흙이 되어버린 이에겐
  위안이 되지 않는다.

고통의 바늘에 찔린
  빈궁하고 외로운 사람
오로지 빗방울과 함께
  남아 ▸

Out of all I had;
  The books of the wise,
Badly read
  By other eyes,

Lewdly bawled
  At my closing ear;
Hated, called
  A lingerer here; —

Withstanding Death
  Till Life be gone,
I shall treasure my breath,
  I shall linger on.

I shall bolt my door
  With a bolt and a cable;
I shall block my door
  With a bureau and table; ‣

내가 가진 모든 것들 뺏기고
  다른 이들의 눈이
현자의 책을
  오독하여

닫혀가는 내 귀에
  천박하게 고함을 질러도
미움받고
  이곳에서 질질 끄는 자라 불려도

죽음에 굴복하지 않으면서
  생명이 사라질 때까지
나는 나의 숨을 소중히 간직할 것이고
  내 목숨을 계속 이어갈 것이다.

내 문을 볼트와 철선으로
  잠글 것이고
내 문을 책상과 식탁으로
  막아놓을 것이다. ▸

With all my might
  My door shall be barred.
I shall put up a fight,
  I shall take it hard.

With his hand on my mouth
  He shall drag me forth,
Shrieking to the south
  And clutching at the north.

내 모든 힘 쏟아

　내 문에 쇠창살을 두를 것이다.

나는 맞서 싸울 것이고,

　나는 맹렬히 싸울 것이다.

남쪽으로 소리를 지르고

　북쪽으로 움켜잡고 발버둥 치는 나를

죽음은 내 입을 손으로 틀어막고

　나를 끌고 갈 수밖에 없을 것이다.

My Heart, Being Hungry

My heart, being hungry, feeds on food
  The fat of heart despise.
Beauty where beauty never stood,
  And sweet where no sweet lies
I gather to my querulous need,
Having a growing heart to feed.

It may be, when my heart is dull,
  Having attained its girth,
I shall not find so beautiful
  The meagre shapes of earth,
Nor linger in the rain to mark
The smell of tansy through the dark.

내 심장은, 배가 고파서

내 심장은, 배가 고파서,
  뚱뚱한 심장이 경멸하는 것을 먹고 산다.
한 번도 아름다움이 서 있어 본 적 없는 곳에 아름다움을
  달콤함이 자리 잡아본 적 없는 곳에 달콤함을
나는 만족시킬 수 없는 내 욕구를 위해 걷어 모은다.
계속 자라는 심장을 먹여야 하기에.

혹, 둘레가 굵어져
  내 심장이 둔해지면
나는 이 땅의 빈약한 형체들이
  그렇게 아름답다고 생각하진 않을 것이다.
또한 비를 맞으며 서성대지도 않을 것이다.
어둠 속을 뚫고 나온 쑥국화 냄새를 확인하기 위해.

Never May the Fruit Be Plucked

Never, never may the fruit be plucked from the bough

And gathered into barrels.

He that would eat of love must eat it where it hangs.

Though the branches bend like reeds,

Though the ripe fruit splash in the grass or wrinkle on the

tree,

He that would eat of love may bear away with him

Only what his belly can hold,

Nothing in the apron,

Nothing in the pockets.

Never, never may the fruit be gathered from the bough

And harvested in barrels.

The winter of love is a cellar of empty bins,

In an orchard soft with rot.

절대로, 가지에서 딴 과일을

절대로, 절대로, 가지에서 딴 과일을
통 속에 모아 담지 마세요.
사랑을 먹고 싶어 하는 사람은 사랑이 매달려 있는 그 자리에서
사랑을 먹어야 합니다. 가지가 갈대처럼 휘어지고,
다 익은 과일들이 풀밭으로 떨어져 깨져 과즙이 튀고, 아니면
나무에 달린 채 쪼그라들어도,
사랑을 먹고 싶어 하는 사람은,
자신의 배에 넣을 수 있을 만큼만
가져가야 합니다.
앞치마에 아무것도 담지 말고
주머니에 아무것도 넣지 말고,
절대로, 절대로, 가지에서 따서 모은 과일을
통 속으로 거둬들이지 마세요.
사랑의 겨울은 과일들이 썩어 흐물흐물해진 과수원
빈 상자들 모여 있는 지하 저장고입니다.

Second Fig

Safe upon the solid rock the ugly houses stand:

Come and see my shining palace built upon the sand!

두 번째 무화과

볼품없는 집 여러 채가 단단한 바위 위에 편안하게 서 있다,
　모래 위에 지은 번쩍이는 내 궁전을 와서 보라!

Song For Young Lovers in A City

Though less for love than for the deep
Though transient death that follows it
These childish mouths grown soft in sleep
Here in a rented bed have met,

They have not met in love's despite . . .
Such tiny loves will leap and flare
Lurid as coke-fires in the night,
Against a background of despair.

To treeless grove, to grey retreat
Descend in flocks from corniced eaves
The pigeons now on sooty feet,
To cover them with linden leaves.

도시의 젊은 연인들을 위한 노래

사랑 때문이라기보다는 깊은 잠 때문에,
뒤이은 잠깐의 죽음 때문이라고 해도,
잠을 자고 나서 부드러워진 이 아이 같은 입들이
여기 세낸 침대에서 만났다.

그들은 사랑하지만 만나지 못했다.
이런 조그마한 사랑들은
한밤중 갑자기 박차고 뛰어올라 절망에 맞서
코크스 불처럼 이글이글 확 타오를 것이다.

나무 없는 작은 숲으로, 어두운 외진 곳으로,
돌림 장식이 있는 처마로부터
비둘기 무리가 검댕 묻은 발로 내려간다,
보리수 나뭇잎으로 덮기 위해.

Song of a Second April

April this year, not otherwise
  Than April of a year ago,
Is full of whispers, full of sighs,
  Of dazzling mud and dingy snow;
  Hepaticas that pleased you so
Are here again, and butterflies.

There rings a hammering all day,
  And shingles lie about the doors;
In orchards near and far away
  The grey wood-pecker taps and bores;
  The men are merry at their chores,
And children earnest at their play.

The larger streams run still and deep,
  Noisy and swift the small brooks run
Among the mullein stalks the sheep
  Go up the hillside in the sun, ▸▸

두 번째 사월의 노래

올 사월은 일 년 전
 사월과 다를 것 없이,
낮은 속삭임과 한숨
  반짝거리는 진흙과 거무칙칙한 눈들로 가득하다.
  너를 그토록 즐겁게 했던 설앵초들과
나비들이 여기 다시 나타났다.

하루 종일 망치 소리 울리고
 문간엔 널빤지들 널려 있다.
인근 과수원들 그리고 더 멀리서
  쪼고 후벼 파는 회색 딱따구리들,
  남자들은 흥겹게 허드렛일을 하고
아이들은 노느라 정신없다.

큰 시냇물 소리 없이 깊이 흐르고
  작은 개울들은 시끄럽게 빠르게 흘러간다.
현삼 줄기 사이로 양들은
  양지바른 언덕 위로 올라간다, ▸▸

Pensively, — only you are gone,

You that alone I cared to keep.

수심에 잠겨 ― 오직 그대만 없다.
내가 지키고 싶었던 이 오직 그대였는데.

Sorrow

Sorrow like a ceaseless rain
  Beats upon my heart.
People twist and scream in pain, —
Dawn will find them still again;
This has neither wax nor wane,
  Neither stop nor start.

People dress and go to town;
  I sit in my chair.
All my thoughts are slow and brown:
Standing up or sitting down
Little matters, or what gown
  Or what shoes I wear.

슬픔

쉼 없이 내리는 비처럼
  슬픔이 내 가슴을 친다.
사람들은 고통으로 뒤틀리고 비명을 지르지만,
새벽이 되면 다시 잠잠해질 것이다.
이것에는 차오르는 것도 이지러지는 것도,
  멈춤도 시작도 없다.

사람들은 옷을 차려입고 시내로 간다.
  나는 내 의자에 앉는다.
내 모든 생각들 느리고 갈색이다.
서 있든 앉아 있든,
어떤 가운을 걸치든, 혹은 어떤 신을 신든,
  다 아무 상관없다.

Spring

To what purpose, April, do you return again?

Beauty is not enough.

You can no longer quiet me with the redness

Of little leaves opening stickily.

I know what I know.

The sun is hot on my neck as I observe

The spikes of the crocus.

The smell of the earth is good.

It is apparent that there is no death.

But what does that signify?

Not only under ground are the brains of men

Eaten by maggots.

Life in itself

Is nothing,

An empty cup, a flight of uncarpeted stairs.

It is not enough that yearly, down this hill,

April

Comes like an idiot, babbling and strewing flowers.

봄

사월이여, 그대는 무슨 작정으로 다시 돌아오는가?
아름다움만으로는 충분치 않다.
끈적이며 움트는 작은 이파리의 붉은색으로는
더 이상 나를 침묵시킬 순 없다.
나도 내가 아는 게 뭔지 알고 있다.
크로커스의 뾰족한 잎을 지켜볼 때
내 목덜미로 쏟아지는 햇살이 따사롭다.
흙냄새가 좋다.
죽음은 완전히 빠져 있는 듯하다.
하지만 그게 무슨 의미가 있을까?
인간의 뇌가 구더기에 먹히는 것은
땅속에서만이 아니다.
인생 그 자체는
아무것도 아닌 것이다,
빈 잔, 카펫이 깔리지 않은 층계의 계단일 뿐,
해마다 이 언덕 아래로
4월이
꽃을 뿌리며, 백치처럼 중얼거리며 오는 것만으로는 충분치
않다.

Spring Song

I know why the yellow forsythia
Holds its breath and will not bloom,
And the robin thrusts his beak in his wing.

Want me to tell you? Think you can bear it?
Cover your eyes with your hand and hear it.
You know how cold the days are still?
And everybody saying how late the Spring is?
Well — cover your eyes with your hand — the thing is,
There isn't going to be any Spring.

No parking here! No parking here!
They said to Spring: No parking here! ‣

봄노래

저는 압니다, 노란 개나리가
숨 쉬지 않고 피지 않으려고 하는 이유를
울새가 부리를 날개에 처박는 이유를.

그대 듣고 싶으신가요? 견딜 수 있다고 생각하시나요?
손으로 눈을 가리고 들어보세요.
날은 여전히 춥다는 것 알고 계시지요?
그런데 왜 모든 이들이 봄이 늦다고 말하는 것일까요?
자ー손으로 눈을 가리시고ー제 말은
이제 봄은 없을 거라는 겁니다.

이곳에 머물 수 없습니다! 이곳에 머물 수 없습니다!
그들이 봄에게 말했습니다. 이곳에 머물 수 없다고요. ▸

Spring came on as she always does,

Laid her hand on the yellow forsythia, —

Little boys turned in their sleep and smiled,

Dreaming of marbles, dreaming of agates;

Little girls leapt from their beds to see

Spring come by with her painted wagons,

Coloured wagons creaking with wonder —

Laid her hand on the robin's throat;

When up comes you-know-who, my dear,

You-know-who in a fine blue coat,

And says to Spring: No parking here!

No parking here! No parking here!

Move on! Move on! No parking here! ›

봄은 언제나 그렇게 찾아와서는,

노란 개나리에 손을 얹고,

어린 사내애들은 대리석 꿈을 꾸면서, 마노 꿈을 꾸면서,

잠 자다 돌아누우면서 웃고,

어린 여자아이들은 색칠한 마차들, 경이로움으로

삐걱거리는 색칠한 마차들과 함께

봄이 들르는 것을 보려고 침대에서 뛰쳐나옵니다—

봄이 울새의 목에 손을 얹었을 때,

그때 사랑스러운, 그이가, 고운 푸른 코트

입은 그이가, 다가와 봄에게

말합니다. 이곳에 머물 수 없습니다.

이곳에 머물 수 없습니다! 이곳에 머물 수 없습니다!

가세요! 가세요! 이곳에 머물 수 없습니다! ▸

Come walk with me in the city gardens.

(Better keep an eye out for you-know-who)

Did ever you see such a sickly showing? —

Middle of June, and nothing growing;

The gardeners peer and scratch their heads

And drop their sweat on the tulip-beds,

But not a blade thrusts through.

Come, move on! Don't you know how to walk?

No parking here! And no back-talk!

Oh, well, — hell, it's all for the best.

She certainly made a lot of clutter,

Dropping petals under the trees,

Taking your mind off your bread and butter. ▸

이제 저와 같이 도시의 정원을 걸어보시죠.
(그이를 조심하는 게 좋습니다)
그렇게 병든 모습을 본 적이 있나요?
유월 중순인데도 자라는 것이 아무것도 없네요.
정원사들은 꼼꼼히 둘러보고, 머리를 긁적이며,
튤립 화단에서 땀을 흘리지만,
잎 하나 나오지 않았습니다.

자, 가세요! 걸을 줄 모르십니까?
이곳에 머물 수 없습니다! 그리고 말대꾸도 하실 수 없습니다!

오, 그렇긴 합니다, 다 잘되자고 한 거니까요.
봄은 분명 많이 어질러 놓긴 했었지요.
나무 밑에다 꽃잎들을 떨어뜨려 놓질 않나,
그대 마음을 버터 바른 빵에서 벗어나게 하려고 하질 않나, ▸

Anyhow, it's nothing to me.

I can remember, and so can you.

(Though we'd better watch out for you-know-who,

When we sit around remembering Spring).

We shall hardly notice in a year or two.

You can get accustomed to anything.

어쨌든, 그건 제게 아무것도 아닙니다.
전 기억할 수 있고, 그대 또한 그럴 수 있지요.
(그럼에도 우리가 둘러앉아 봄을 기억할 때,
그이를 조심하는 게 좋겠지요).

일이 년 뒤엔 우린 거의 알지도 못하겠지요.
무엇에든 익숙해질 수 있으니까요.

Tavern

I'll keep a little tavern
  Below the high hill's crest
Wherein all grey-eyed people
  May set them down and rest.

There shall be plates a-plenty,
  And mugs to melt the chill
Of all the grey-eyed people
  Who happen up the hill.

There sound will sleep the traveller,
  And dream his journey's end,
But I will rouse at midnight
  The falling fire to tend.

Aye, tis a curious fancy —
  But all the good I know
Was taught me out of two grey eyes
  A long time ago.

여인숙

높은 언덕 꼭대기 아래에다
˙조그만 여인숙을 열겁니다,
지친 모든 이들
  가던 길 멈춰 쉬어갈 수 있도록.

어쩌다 언덕을 오르게 된
  모든 지친 이들에게
배불리 먹을 음식과
  추위를 녹일 마실 것들을 대접할 겁니다.

나그네는 그곳에서 여정의 끝을 꿈꾸며
  꿀 같은 잠을 잘 것이고,
저는 한밤중에 일어나
  꺼져가는 불을 살피겠습니다.

압니다, 이런 걸 꿈꾼다는 게 이상하게 들릴 수 있다는 것을요. ―
  하지만 제가 선행이라고 알고 있는 것 모두
지친 두 눈한테서 배운 것입니다.
  아주 오래전에요.

The Buck in the Snow

White sky, over the hemlocks bowed with snow,

Saw you not at the beginning of evening the antlered buck and his doe

Standing in the apple-orchard? I saw them. I saw them suddenly go,

Tails up, with long leaps lovely and slow,

Over the stone-wall into the wood of hemlocks bowed with snow.

Now lies he here, his wild blood scalding the snow.

How strange a thing is death, bringing to his knees, bringing to his antlers

The buck in the snow.

How strange a thing, — a mile away by now, it may be,

Under the heavy hemlocks that as the moments pass

Shift their loads a little, letting fall a feather of snow —

Life, looking out attentive from the eyes of the doe.

눈 속의 수사슴

눈이 쌓여 휘어진 솔송나무 가지 위로 하늘은 하얗다,
초저녁 무렵 수사슴과 암사슴이 사과 과수원에 같이 서 있던
걸 보지 않았던가?
나는 분명히 보았다. 그러다 갑자기 꼬리를 높게 세우고 천천히
우아하게 돌담을 뛰어넘어
눈이 쌓여 휘어진 솔송나무가 있는 숲으로
사라져 버렸다.

지금 그 수사슴은 여기 누워 있고, 그가 흘리는 뜨거운 피가 주
변의 눈을 태우고 있다.

눈 속의 수사슴
그의 무릎과 뿔 속으로 들어온 죽음이란 얼마나 이상한 것인가.
지금쯤이면 아마
얼마 떨어지지 않은, 굵직한 솔송나무 아래서, 시간이 지나면
서 등에 쌓인 눈 깃털을 털어
짊어져야 할 무게를 조금 줄이고 있을지도 모르는데,
얼마나 이상한 일인가, 암사슴이 주의 깊은 눈으로 바라보는
생명이란.

The Cairn

When I think of the little children learning

In all the schools of the world,

Learning in Danish, learning in Japanese

That two and two are four, and where the rivers of the world

Rise, and the names of the mountains and the principal cities,

My heart breaks.

Come up, children! Toss your little stones gaily

On the great cairn of Knowledge!

(Where lies what Euclid knew, a little gray stone,

What Plato, what Pascal, what Galileo:

Little gray stones, little gray stones on a cairn.)

Tell me, what is the name of the highest mountain?

Name me a crater of fire! a peak of snow!

Name me the mountains on the moon!

But the name of the mountain that you climb all day,

Ask not your teacher that.

돌무더기

이 세상의 모든 학교에서 배우고 있는,

덴마크어로도 배우고, 일본어로도 배우고 있는,

2 x 2 = 4, 세계의 강들의 발원지,

그리고 산맥들과 주요 도시의 이름,

어린아이들을 생각하면

마음이 아프다.

가까이 오거라, 아이들아! 거대한 지식이라는 돌무더기에

유쾌하게 너희의 작은 돌을 던져라!

(그곳에는, 작은 회색 돌 하나, 유클리드가 알았던 것이 놓여 있고,

작은 회색 돌들, 플라톤, 파스칼, 갈릴레오가 알았던 것이 놓여 있는 곳,

돌무더기 위에 놓인 작은 회색 돌들)

대답해 보거라, 가장 높은 산의 이름은?

화산 분화구 하나의 이름은? 설산 봉우리 하나의 이름은?

달에 있는 산의 이름은?

그러나 너희들이 하루 종일 오르는 산의 이름,

그것을 너희의 선생님은 물어보지 않는다.

The Poet and His Book

Down, you mongrel, Death!
  Back into your kennel!
I have stolen breath
  In a stalk of fennel!
You shall scratch and you shall whine
  Many a night, and you shall worry
  Many a bone, before you bury
One sweet bone of mine!
When shall I be dead?
  When my flesh is withered,
And above my head
  Yellow pollen gathered

All the empty afternoon?
  When sweet lovers pause and wonder
  Who am I that lie thereunder,
Hidden from the moon? ‣

시인과 그의 책

너 잡종 똥개, 죽음아!
  네 소굴로 다시 내려가라!
나는 회향풀 줄기에서
  생명의 숨을 몰래 가져왔단다!
수많은 밤 너는 네 몸에 생채기를 내며
  낑낑대야 할 것이다, 그리고 수많은 뼈를
  물고 흔들어야 할 것이다, 네가 달콤한 내 뼈를
파묻기 전에!
나는 언제 죽게 될까?
  언제 내 몸뚱이가 다 말라버려
내 머리 위로
  노란 꽃가루가

멍한 오후 내내 모일까?
  언제 사랑하는 연인들이 멈춰 서,
  달빛 들지 않는 그곳 아래 누워 있는
내가 누군지 궁금해할까? ‣

This my personal death? —

  That lungs be failing

To inhale the breath

  Others are exhaling?

This my subtle spirit's end? —

   Ah, when the thawed winter splashes

   Over these chance dust and ashes,

Weep not me, my friend!

Me, by no means dead

  In that hour, but surely

When this book, unread,

  Rots to earth obscurely,

And no more to any breast,

  Close against the clamorous swelling

  Of the thing there is no telling,

Are these pages pressed! ›

이것은 나 개인의 죽음인가? —
  내 폐가 다른 사람들이
내쉬는 숨을
  들이마시지 못하는 것이?
이것은 내 섬세한 영혼의 종말인가?
  아, 눈 녹은 겨울, 이 덧없는 흙과 재 위로
  흙탕물을 튀길 때,
나 때문에 울지 마라, 내 친구여!

그때 나는 결코
  죽은 것이 아니지만
이 책이 어느 누구 읽어보지도 않고
  안 보이는 곳에서 썩어 흙이 되어,
더는 누구도 헤아릴 수 없이
  떠들썩 부풀어 오른 마음으로
  이 책을 가슴에 꼭 끌어안지 않게 된다면
그때 나는 분명 죽은 것이다. ‣

When this book is mould,
  And a book of many
Waiting to be sold
  For a casual penny,
In a little open case,
  In a street unclean and cluttered,
  Where a heavy mud is spattered
From the passing drays,

Stranger, pause and look;
  From the dust of ages

Lift this little book,
  Turn the tattered pages,
Read me, do not let me die!
  Search the fading letters, finding
  Steadfast in the broken binding
All that once was I! ›

이 책에 곰팡이 슬고,
　질퍽한 흙탕물을 튀기며
짐마차들이 지나다니는
　지저분하고 번잡한 길에서
열어 펼쳐놓은 작은 상자 안에 담겨
　하찮은 푼돈에 팔리기 위해
　한참을 기다리는
책이 되어 있을 때,

낯선 이여, 잠시 멈춰서 보라,
　세월 지나 켜켜이 쌓인 먼지에서

이 작은 책을 들어 올려
　너덜해진 쪽들을 넘겨다오!
나를 읽어 내가 죽지 않게 해다오!
　흐릿해진 글자들을 조심스레 더듬어,
　찢어진 제본 속에서
한때 나였던 모든 것을 찾아다오! ▸

When these veins are weeds,
  When these hollowed sockets
Watch the rooty seeds
  Bursting down like rockets,
And surmise the spring again,
  Or, remote in that black cupboard,
  Watch the pink worms writhing upward
At the smell of rain,

Boys and girls that lie
  Whispering in the hedges,
Do not let me die,
  Mix me with your pledges;
Boys and girls that slowly walk
  In the woods, and weep, and quarrel,
  Staring past the pink wild laurel,
  Mix me with your talk, ▸

이 혈관들이 잡초가 되어 있을 때
　뿌리털 달린 씨앗들이 추진체처럼
아래로 확 번져나가는 것을
　이 텅 빈 안구들이 지켜보면서
봄이 다시 왔음을 짐작하거나,
　혹은 멀리 떨어진 저 검은 벽장 속에서
　분홍빛 지렁이들이 비 냄새를 맡고서
꿈틀거리며 기어오르는 것을 지켜볼 때,

울타리 아래에 누워
　속닥이는 소년, 소녀들이여,
내가 죽지 않게 해다오,
　너희들이 하는 맹세에 나를 넣어다오,
천천히 숲길을 걸으며
　울고, 다투고, 분홍의 산월계수
　저 너머를 응시하는 소년, 소녀들이여,
너희들이 주고받는 이야기에 나를 넣어다오.　▸

Do not let me die!
  Farmers at your raking,
When the sun is high,
  While the hay is making,
When, along the stubble strewn,
  Withering on their stalks uneaten,
  Strawberries turn dark and sweeten
In the lapse of noon;

Shepherds on the hills,
  In the pastures, drowsing
To the tinkling bells
  Of the brown sheep browsing;
Sailors crying through the storm;
  Scholars at your study; hunters
  Lost amid the whirling winter's
Whiteness uniform; ‣

내가 죽지 않게 해다오!

　풀을 긁어모으는 농부들이여

건초를 만드는 동안

　해가 높이 떠 있어서

이쪽, 저쪽 그루터기 따라

　까매지고 달콤해졌지만, 아직 따 먹히지 않은 딸기가

　줄기에 매달려 시들어 가는 동안

한낮이 지나가는 동안

풀 뜯고 있는 갈색 양들의

　딸랑대는 방울 소리에 맞춰

풀밭 언덕에서

　졸고 있는 목동들이여,

폭풍우 속으로 소리치는 뱃사람들이여,

　서재에서 책을 읽는 학자들이여,

　온 곳이 흰색으로 뒤덮인 소용돌이치는

겨울 한가운데서 길 잃은 사냥꾼들이여,　▸

Men that long for sleep;

  Men that wake and revel; —

If an old song leap

  To your senses' level

At such moments, may it be

  Sometimes, though a moment only,

  Some forgotten, quaint and homely

Vehicle of me!

Women at your toil,

  Women at your leisure

Till the kettle boil,

  Snatch of me your pleasure,

Where the broom-straw marks the leaf;

  Women quiet with your weeping

  Lest you wake a workman sleeping,

Mix me with your grief! ›

잠자고 싶어 하는 남자들이여
　깨어 흥청대는 남자들이여,
어느 옛 노래가
　그대들 감각의 수면으로 솟아올라 오면,
바로 그 순간, 가끔일 수도 있고,
　어느 한 순간일수도 있고
　어느 잊히고, 예스럽고, 소박한 것일 수 있지만
나를 태우고 갈 무언가가 되어주기를!

힘들게 고생하며 살아가는 여인들이여,
　주전자가 끓기 전까지는
한가로운 여인들이여,
　빗솔에서 잎의 흔적을 확인하는 곳에서,
나한테서 그대들의 즐거움을 낚아채 가져가라.
　몸 쓰는 일 하는 남자가 잠에서 깰까 봐
　소리 내지 않고 울고 있는 여자여,
그대들의 슬픔에 나를 넣어다오. ▸

Boys and girls that steal

   From the shocking laughter

Of the old, to kneel

   By a dripping rafter

Under the discolored eaves,

   Out of trunks with hingeless covers

   Lifting tales of saints and lovers,

Travelers, goblins, thieves,

Suns that shine by night,

   Mountains made from valleys, —

Bear me to the light,

   Flat upon your bellies

By the webby window lie,

   Where the little flies are crawling, —

   Read me, margin me with scrawling,

Do not let me die! ▸

놀래키는 노인들의 웃음소리로부터
  몰래 빠져나와
빛바랜 처마 밑, 물 뚝뚝 떨어지는 서까래 옆에
  무릎 꿇고 앉아, 경첩 떨어져 나간
덮개 달린 큰 가방들에서
  성자들과 연인들과
  유랑자들과 귀신들과 도둑들과
밤이 될 때까지 빛나는 태양들과

계곡이 만든 산맥들의 이야기들을
  끄집어내는 소년, 소녀들이여,
나를 햇빛 비치는 곳으로 데려가 다오,
  조그만 날파리들 기어다니는
거미줄 처진 창가에서
  배 깔고 누워
  나를 읽어다오, 여백에 몇 자 적어다오,
내가 죽지 않게 해다오! ▸

Sexton, ply your trade!

In a shower of gravel

Stamp upon your spade!

Many a rose shall ravel,

Many a metal wreath shall rust

In the rain, and I go singing

Through the lots where you are flinging

Yellow clay on dust!

교회 머슴이여, 열심히 그대의 일을 하라,
  자갈 쏟아져 내리는 땅에
그대의 삽을 내리찍어라,
  수많은 장미들이 뒤엉키고
수많은 금속 화환들이 빗속에 녹슬어 갈 것이다.
  그리고 죽은 몸 위로
  그대가 던져 붓는 황토를 뚫고
나는 노래하며 간다!

The Philosopher

And what are you that, missing you,
  I should be kept awake
As many nights as there are days
  With weeping for your sake?

And what are you that, missing you,
  As many days as crawl
I should be listening to the wind
  And looking at the wall?

I know a man that's a braver man
  And twenty men as kind,
And what are you, that you should be
  The one man in my mind?

Yet women's ways are witless ways,
  As any sage will tell, —
And what am I, that I should love
  So wisely and so well?

철학자

그런데 그대가 무엇이길래,
  그대가 보고 싶어서,
저는 낮의 수만큼의 그 수많은 밤마다 잠 못 들고
  그대를 위해 울어야 합니까?

그런데 그대가 무엇이길래,
  그대가 보고 싶어서,
기어가듯 느릿느릿 흘러가는 수많은 낮 동안
  제가 바람 소리에 귀 기울이며 벽을 바라보고 있어야 합니까?

저는 더 용감한 남자 한 명과
  스무 명의 다정한 남자를 알고 있습니다,
그런데 그대가 무엇이길래
  그대가 제 마음의 유일한 남자가 돼야 합니까?

하지만 여자들이 걷는 길은 어리석다고
  모든 현자들 말합니다 —
그런데 제가 무엇이길래
  저는 당신을 그토록 현명하게 잘 사랑해야 합니까?

The Spring and the Fall

In the spring of the year, in the spring of the year,
I walked the road beside my dear.
The trees were black where the bark was wet.
I see them yet, in the spring of the year.
He broke me a bough of the blossoming peach
That was out of the way and hard to reach.

In the fall of the year, in the fall of the year,
I walked the road beside my dear.
The rooks went up with a raucous trill.
I hear them still, in the fall of the year.
He laughed at all I dared to praise,
And broke my heart, in little ways.

Year be springing or year be falling,
The bark will drip and the birds be calling. ▸▸

봄과 가을

그해 봄에, 그해 봄에,
저는 사랑하는 이 곁에서 그 길을 걸었습니다.
나무들은 검었고 수피는 젖어 있었습니다.
저는 여전히 그해 봄 속에서, 나무들을 바라봅니다.
그는 제게 저만치 떨어져 제 손 닿지 않는,
꽃 핀 복숭아 가지 하나를 꺾어주었습니다.

그해 가을에, 그해 가을에,
저는 사랑하는 이 곁에서 그 길을 걸었습니다.
떼까마귀들 요란스레 날아올랐습니다.
저는 여전히 그해 가을 속에서 새소리를 듣습니다.
그는 제가 감히 찬미하는 모든 것을 비웃었고,
하찮은 것들로 제 마음을 찢어놓았습니다.

한 해가 시작하는 계절이든, 한 해가 저물기 시작하는 계절이든
수피에는 물이 차고 새소리는 들릴 것입니다. ▸▸

There's much that's fine to see and hear

In the spring of a year, in the fall of a year.

'Tis not love's going hurt my days.

But that it went in little ways.

어느 해든 봄에는, 어느 해든 가을에는

보고 듣기 좋은 것들이 많습니다.

제 삶을 아프게 한 것은 사랑이 떠났다는 것이 아니라,

하찮은 것들 때문에 사랑이 떠났다는 것입니다.

Thursday

And if I loved you Wednesday,
  Well, what is that to you?
I do not love you Thursday —
  So much is true.

And why you come complaining
  Is more than I can see.
I loved you Wednesday, — yes — but what
  Is that to me?

목요일

그런데 제가 당신을 수요일에 사랑했다고,
  글쎄요, 그것이 당신과 무슨 상관인가요?
전 목요일에는 당신을 사랑하지 않습니다 —
  이 말만큼은 진실입니다.

그런데 왜 당신은 불평을 하는지
  전 이해할 수 없습니다.
전 당신을 수요일에 사랑했습니다, — 맞습니다 — 그런데
  그것이 저와 무슨 상관인가요?

To a Poet That Died Young

Minstrel, what have you to do
With this man that, after you,
Sharing not your happy fate,
Sat as England's Laureate?
Vainly, in these iron days,
Strives the poet in your praise,
Minstrel, by whose singing side
Beauty walked, until you died.
Still, though none should hark again,
Drones the blue-fly in the pane,
Thickly crusts the blackest moss,
Blows the rose its musk across,

Floats the boat that is forgot
None the less to Camelot.

Many a bard's untimely death
Lends unto his verses breath;
Here's a song was never sung: ▸▸

요절한 시인에게

음유시인이여, 그대가 이 사람과
무슨 상관이 있겠는가, 그대를 따라,
그대의 행복한 운명을 함께 나누지 못하고
영국 계관시인의 자리에 오른 이 사람과?
헛되이, 이 철의 시대에
그 시인은 그대를 찬미하느라 애쓰고 있다.
음유시인이여, 그대가 노래할 때
아름다움은 그대 곁에서 함께 걸었다, 그대 죽을 때까지,
하지만 누구도 다시 귀 기울이지 않는다,
청파리는 창에서 윙윙거리고
칠흑 이끼 빽빽하게 뒤덮고
장미는 사향(麝香)을 사방으로 퍼뜨리고

잊힌 배는
그럼에도 카멜롯으로 떠나간다.

여러 시인의 때 이른 죽음은
그들의 시에 숨을 불어넣는다.
여기 한 번도 불러본 적 없는 노래가 있으니, ▸▸

Growing old is dying young.
Minstrel, what is this to you:
That a man you never knew,
When your grave was far and green,
Sat and gossiped with a queen?

Thalia knows how rare a thing
Is it, to grow old and sing;
When a brown and tepid tide
Closes in on every side.
Who shall say if Shelley's gold
Had withstood it to grow old?

늙어가는 것은 젊어서 죽어간다는 것이다.

음유시인이여, 이것이 그대에게는 무엇인가?

그대가 전혀 몰랐던 누군가가

그대의 무덤 멀리 있고 푸르를 때

앉아서 어느 한 여왕과 잡담을 나누었다는 것이.

탈리아•는 알고 있다, 그것이 얼마나 드문 일인지를

늙어가면서 노래한다는 것이,

미지근한 갈색의 조류가

사방에서 모여들 때,

그 누가 말할 것인가?

셸리••의 황금이 늙어가는 것을 이겨냈다고.

• 탈리아(Thalia). 그리스신화 속 9명의 뮤즈 중 한 명. 시인은 탈리아를 언급하면서 나이가 많이 들었음에도 여전히 예술 작품을 창작할 수 있다는 것이 매우 드문 일임을 표현하고 있다.

•• 셸리의 황금(Shelley's gold). 이 표현은 영국 시인 셸리(Percy Bysshe Shelley)의 시인으로서의 천재성을 언급하고 있다. 셸리의 황금은 셸리의 작품에서 드러나는 비범한 재능과 창의력을 표현하는 상징이다. 시인은 나이가 들면 창작력이 줄어드는 것이 자연스러운 일이지만 이런 현상이 천재 시인 셸리에게도 해당되는지를 묻고 있다.

To Kathleen

Still must the poet as of old,
In barren attic bleak and cold,
Starve, freeze, and fashion verses to
Such things as flowers and song and you;

Still as of old his being give
In Beauty's name, while she may live,
Beauty that may not die as long
As there are flowers and you and song.

캐슬린에게

아직도 시인은 옛사람들이 그랬던 것처럼
쓸쓸하고 춥고 척박한 다락방에서
굶주리고 추위로 몸 굳어가며, 꽃과 노래와 그리고 당신과
같은 그러한 것들에 시를 맞춰야 한다.

아직도 옛사람들이 그랬던 것처럼 시인이라는 존재는
아름다움은 죽지 않을 것이기에,
아름다움이 살아 있는 동안에는 아름다움의 이름에 굴복해야
만 한다,
꽃과 당신과 그리고 노래는 늘 있을 것이기에.

To S. M.

If he should lie a-dying
I am not willing you should go
Into the earth, where Helen went;
She is awake by now, I know.
Where Cleopatra's anklets rust
You will not lie with my consent;
And Sappho is a roving dust;
Cressid could love again; Dido, ▸▸

S. M. 에게

　그가 누워 죽어가고 있다면

저는 헬렌[*]이 갔던 흙 속으로

기꺼이 그대가 가도록 하지 않겠습니다.

저는 알고 있습니다. 지금쯤 그녀는 깨어 있으리란 것을.

제 동의 없이 그대는

클레오파트라의 발목에 녹이 슬게 하는 그곳에 눕지 못할 겁니다.

　그곳에서 사포[**]는 떠다니는 먼지이고

크레시드[***]는 다시 사랑할 수 있습니다.　▸▸

- 　헬렌(Helen): 그리스신화 속의 인물로 올림포스의 세 여신 헤라, 아프로디테, 아테나가 "세상에서 가장 아름다운 여인에게"라는 문구가 써진 사과가 자기 것이라고 다툼을 벌일 때 판결을 맡은 트로이의 왕자 파리스는 자신에게 세상에서 가장 아름다운 여인을 약속한 아프로디테의 손을 들어주는데, 그 여인은 스파르타 왕의 부인인 헬렌이었다. 파리스는 헬렌을 트로이로 몰래 데리고 들어오고 이 일로 인해 트로이 전쟁이 일어난다. 여기서 헬렌은 여성의 미모와 매력을 재현하는 인물로 제시된다.
- 　사포(Sappho): 고대 그리스의 여성 시인. 사랑과 욕망을 그린 서정시 시인으로 잘 알려져 있다. 여기서 사포는 열정과 갈망의 상징으로 제시된다.
- 　크레시드(Cressid): 그리스신화 속의 인물로 다른 남성과 사랑에 빠져 자신의 연인 트로일러스를 버리는 여성으로 그려진다. 여기에서는 사랑에서의 배신을 상징하는 인물로 제시된다.

147

Rotted in state, is restless still;

You leave me much against my will.

위엄 있게 썩어갔어도 디도[*]는 여전히 안식을 얻지 못하고 있습니다.

그대는 제 의지를 거스르는 것들을 제게 많이 남겨놓으셨네요.

---

[*] 디도(Dido): 고대 로마의 시인 베르길리우스가 쓴 서사시 아이네이스(*The Aeneid*)에 나오는 인물. 카르타고의 여왕이었던 디도는 트로이의 장수 아이네아스를 사랑하여 같이 살고 싶었으나 새로운 국가 건설이라는 자신에게 주어진 운명을 실천하기 위해 아이네아스는 디도 곁을 떠나고 이에 절망한 디도는 자살을 한다. 여기서 디도는 일방적인 사랑 그리고 연인으로부터 버림받는 데서 오는 고통을 상징한다.

Travel

The railroad track is miles away,
  And the day is loud with voices speaking,
Yet there isn't a train goes by all day
  But I hear its whistle shrieking.
All night there isn't a train goes by,
  Though the night is still for sleep and dreaming,
But I see its cinders red on the sky,
  And hear its engine steaming.

My heart is warm with the friends I make,
  And better friends I'll not be knowing;
Yet there isn't a train I wouldn't take,
  No matter where it's going.

여행

철길은 수 마일 멀리 떨어져 있고,
　낮에는 사람들 말소리로 시끄럽다,
온종일 지나가는 기차 한 대 없지만,
　나는 울리는 기적 소리 듣는다.
밤새 지나가는 기차 한 대 없고,
　밤엔 잠자고 꿈꾸느라 조용하지만,
나는 하늘에서 붉게 타는 석탄불을 보고,
　엔진이 증기를 뿜는 소리를 듣는다.

교제하는 친구들로 내 가슴 따뜻하고,
　이들보다 더 좋은 친구들을 알지 못하겠지만,
나는 그 어떤 기차도 마다하지 않을 거다,
　그 기차 목적지가 어디든.

When the Year Grows Old

I cannot but remember
  When the year grows old —
October — November —
  How she disliked the cold!

She used to watch the swallows
  Go down across the sky,
And turn from the window
  With a little sharp sigh.

And often when the brown leaves
  Were brittle on the ground,
And the wind in the chimney
  Made a melancholy sound,

She had a look about her
  That I wish I could forget —
The look of a scared thing
  Sitting in a net! ›

한 해가 저물 때

잊을 수 없다
  한 해가 저물어 가던―
10월―11월―
  그녀는 추운 것을 너무나도 싫어했었다!

하늘을 가로지르며 아래쪽으로 날아가는,
  제비 떼를 지켜보다,
그녀는 창가에서 몸을 돌려,
  작고 날카롭게 한숨을 쉬곤 했다.

이따금 빛바랜 잎들이
  땅에 떨어져 바스락 소리를 내며 부서지고,
굴뚝에서 나는 바람 소리가
  구슬플 때,

그녀는 내가 기억하고 싶지 않은
  표정을 지었다―
그물에 걸린
  겁먹은 생명체의 표정을! ▸

Oh, beautiful at nightfall
  The soft spitting snow!
And beautiful the bare boughs
  Rubbing to and fro!

But the roaring of the fire,
  And the warmth of fur,
And the boiling of the kettle
  Were beautiful to her!

I cannot but remember
  When the year grows old —
October — November —
  How she disliked the cold!

아, 밤에 흩뿌리듯 부드럽게 내리는
　눈은 무척이나 아름답고!
그리고 서로 비벼대는
　헐벗은 가지들 또한 아름답다!

하지만 이글거리며 타던 불,
　따뜻한 털옷,
물 끓던 주전자
　그녀에겐 모든 것이 다 아름다웠다!

잊을 수 없다
　한 해가 저물어 가던 ―
10월 ― 11월 ―
　그녀는 추운 것을 너무나도 싫어했었다!

Sonnets

I shall go back again to the bleak shore[*]

I shall go back again to the bleak shore

And build a little shanty on the sand,

In such a way that the extremest band

Of brittle seaweed shall escape my door

But by a yard or two; and nevermore

Shall I return to take you by the hand;

I shall be gone to what I understand,

And happier than I ever was before.

The love that stood a moment in your eyes,

The words that lay a moment on your tongue,

Are one with all that in a moment dies,

A little under-said and over-sung.

But I shall find the sullen rocks and skies

Unchanged from what they were when I was young.

•   밀레이의 소네트에는 제목이 없어서 첫 행을 제목으로 대신했다.

나 그 황량한 바닷가로 다시 돌아가

나 그 황량한 바닷가로 다시 돌아가
그곳 모래 위에 오두막 짓고
여린 해초 중에서 가장 억센 것들이
문 가까이에서 무리 지어
자라는 그곳에 집을 짓고, 다시는
그대 손을 잡으러 돌아가지 않겠다.
내가 이해할 수 있는 삶으로 돌아가
이전보다 더 행복하게 살 것이다.
잠시 그대의 눈에 머물렀던 사랑과
잠시 그대의 혀에 얹혀 있던 말들은
머지않아 죽어가는 다른 모든 것들과 하나가 될 것이다,
말은 약간 모자랐고 노래는 지나쳤었다.
하지만 내 어릴 적 그대로인
저 시무룩한 바위와 하늘을 찾아갈 것이다.

I will put Chaos into fourteen lines

I will put Chaos into fourteen lines
And keep him there, and let him thence escape
If he be lucky; let him twist, and ape
Flood, fire, and demon — his adroit designs
Will strain to nothing in the strict confines
Of this sweet Order, where, in pious rape,
I hold his essence and amorphous shape,
Till he with Order mingles and combines.
Past are the hours, the years of our duress,
His arrogance, our awful servitude:
I have him. He is nothing more nor less
Than something simple not yet understood;
I shall not even force him to confess;
Or answer. I will only make him good.

나는 카오스를 열네 줄 속에 가둬둘 것이다

나는 카오스를 열네 줄 속에 가둬둘 것이다.

그가 운이 좋으면 대홍수, 지옥 불, 그리고 악령을

왜곡하거나 흉내 낼 수 있을 것이다 ― 그의 능란한 계략(計略)은

조화로운 질서의 엄격한 경계에 갇혀

아무것도 아닌 것이 될 것이다

그가 질서에 섞여 합체될 때까지, 경건한 마음으로 그를 겁탈

하여

그의 정수와 형체 없는 그의 형상을 쥐고 있을 것이다.

고통의 나날과 압제의 세월은 어제의 일이다.

그의 오만함과 우리가 두려워하는 그의 지배는 끝났다.

이젠 내가 그를 지배한다.

그는 아직 이해하기 힘든,

아주 단순한 존재 그 이상도 이하도 아니다.

그에게 자백을, 대답을 강요하지 않겠다.

단지 나는 그를 선한 존재로 만들려고만 할 것이다.

I, being born a woman and distressed

I, being born a woman and distressed
By all the needs and notions of my kind,
Am urged by your propinquity to find
Your person fair, and feel a certain zest
To bear your body's weight upon my breast:
So subtly is the fume of life designed,
To clarify the pulse and cloud the mind,
And leave me once again undone, possessed.
Think not for this, however, the poor treason
Of my stout blood against my staggering brain,
I shall remember you with love, or season
My scorn with pity, — let me make it plain:
I find this frenzy insufficient reason
For conversation when we meet again.

나는 여자로 태어나서 나 같은 여자들과 관련된

나는 여자로 태어나서 나 같은 여자들과 관련된

그 모든 기대와 관념으로 괴로워한다,

당신이 나와 가까이 있다는 이유로

당신의 몸이 매력적이라 느껴야 하고

내 가슴에 닿는 당신 몸의 무게를 지탱하는 희열을 느껴야 한다.

삶의 본질은 아주 미묘하게 설계돼 있어서,

활기차게 맥박을 뛰게 하지만 정신을 흐리게도 하고,

나를 불안정하게 하면서도 황홀하게 한다.

하지만 이런 이유로 결연한 내 피가

갈팡질팡하는 마음을 배신하는 것으로 오해는 하지 말기를,

나는 당신을 사랑으로 기억할 것이다. 아니면 혹시 당신을 향한 내 냉소를

연민으로 누그러뜨릴지도 모르겠다. 하지만,

분명히 말하겠다. 이런 강렬한 열정이

우리가 다시 만나 대화를 나눌 충분한 이유가 되지는 않는다고.

Love is not all

Love is not all; it is not meat nor drink
Nor slumber nor a roof against the rain,
Nor yet a floating spar to men that sink
And rise and sink and rise and sink again;
Love can not fill the thickened lung with breath,
Nor clean the blood, nor set the fractured bone;
Yet many a man is making friends with death
Even as I speak, for lack of love alone.
It well may be that in a difficult hour,
Pinned down by pain and moaning for release,
Or nagged by want past resolution's power,
I might be driven to sell your love for peace,
Or trade the memory of this night for food.
It well may be. I do not think I would.

사랑이 전부는 아닙니다

사랑이 전부는 아닙니다. 먹을 수 있는 고기도 아니고 마실 수 있는 술도 아닙니다.

잠도 아니고 비를 막아주는 지붕은 더더욱 아닙니다.

물에 빠져 가라앉았다가 떠오르기를 반복하는 사람들이 붙잡을 수 있는

물에 떠다니는 나무 기둥도 아닙니다.

사랑은 딱딱하게 굳은 폐를 다시 숨 쉬게 해주지 못하고

피를 맑게도, 부러진 뼈를 맞춰주지도 못합니다.

그럼에도, 제가 이런 말을 하는 지금 이 순간에도 수많은 사람들이

사랑 하나가 없어 살기 힘들어서 죽음과 친구를 하고 있습니다.

혹 모르겠습니다. 제가 힘들 때,

짓누르는 고통에서 벗어나려고 신음하고,

결단력으로도 이겨낼 수 없는 결핍으로 힘들어할 때,

저 또한 당신 사랑을 팔아 평안을 구하려고 하거나

오늘 밤의 추억을 먹을 것과 바꾸고 싶어 할지를요.

아마 그럴 수도 있을 겁니다. 그렇게 할 거라고 생각은 안 하지만요.

Not in a silver casket cool with pearls

Not in a silver casket cool with pearls

Or rich with red corundum or with blue,

Locked, and the key withheld, as other girls

Have given their loves, I give my love to you;

Not in a lovers'-knot, not in a ring

Worked in such fashion, and the legend plain —

Semper fidelis, where a secret spring

Kennels a drop of mischief for the brain:

Love in the open hand, no thing but that,

Ungemmed, unhidden, wishing not to hurt,

As one should bring you cowslips in a hat

Swung from the hand, or apples in her skirt,

I bring you, calling out as children do:

"Look what I have! — And these are all for you."

다른 소녀들은 자신들의 사랑을

다른 소녀들은 자신들의 사랑을

진주 장식을 한, 값비싼 붉은색, 푸른색 보석으로 장식한,

자물쇠로 걸어 잠그고, 열쇠는 안 보이는 곳에 숨겨놓은,

화려한 은색 작은 상자 안에 담아 주지요. 저도 제 사랑을

그대에게 드립니다.

사랑을 상징하는 매듭으로

항상 충성 글자를 선명하게 새겨 넣은

안 보이는 샘이 마음에 장난질을 치는 작은 물 한 방울 간직하

고 있는,

공들여 만든 반지로도 아닙니다.

그저 활짝 편 손에는 사랑, 오직 그것밖에 없습니다.

보석 장식도 없고, 감추지도 않고, 상처 줄 생각도 없이,

누군가 손에 매달린 모자에 앵초풀꽃 담아, 사과를 치마에 담아

주듯,

저도 그대에게 제 사랑을 드립니다. 어린아이들처럼 큰 소리로

외치면서.

"제 손에 뭐가 있게요! ─ 이 모든 것 다 그대 겁니다."

Pity me not because the light of day

Pity me not because the light of day
At close of day no longer walks the sky;
Pity me not for beauties passed away
From field and thicket as the year goes by;
Pity me not the waning of the moon,
Nor that the ebbing tide goes out to sea,
Nor that a man's desire is hushed so soon,
And you no longer look with love on me.
This have I known always: Love is no more
Than the wide blossom which the wind assails,
Than the great tide that treads the shifting shore,
Strewing fresh wreckage gathered in the gales;
Pity me that the heart is slow to learn
What the swift mind beholds at every turn.

저를 가여워하지 마세요

저를 가여워하지 마세요,

하루 해 저물어 낮 동안 비추던 빛이 더 이상 하늘 위를 걸어
다니지 않아도,

저를 가여워하지 마세요,

해가 저물어 들과 숲의 아름다움이 사라져도,

저를 가여워하지 마세요,

달이 이지러지고 썰물이 바다로 빠져나가도,

한 남자의 욕망이 그토록 쉬 사그라져 당신이 더 이상 사랑으로
저를 바라보지 않는다 해도

저를 가여워하지 마세요

저는 알고 있어요. 사랑이란 활짝 피었다가도

바람 한 번 불면 속절없이 지고 마는 꽃과 같다는 것을요.

세찬 바람에 떠밀려 온 새로운 난파선의 잔해를 흩뿌리며

해안을 나드는 파도에 지나지 않음을요.

머리는 재빨리 알아채는 것을

가슴은 언제나 늦게 배운다는 것만, 그것으로만 저를 가여워해
주세요.

Time does not bring relief

Time does not bring relief; you all have lied
Who told me time would ease me of my pain!
I miss him in the weeping of the rain;
I want him at the shrinking of the tide;
The old snows melt from every mountain-side,
And last year's leaves are smoke in every lane;
But last year's bitter loving must remain
Heaped on my heart, and my old thoughts abide.
There are a hundred places where I fear
To go, — so with his memory they brim.
And entering with relief some quiet place
Where never fell his foot or shone his face
I say, "There is no memory of him here!"
And so stand stricken, so remembering him.

시간이 위로를 주지 않습니다

시간이 위로를 주지 않습니다. 시간이 지나면
아픔이 줄어들 거라는 말 모두 거짓입니다.
흐느끼듯 내리는 빗줄기에서 그를 그리워하고,
물러나는 파도를 보면서 그를 원하고 있습니다,
이전에 내린 눈은 모든 산허리에서 녹아 사라졌고,
작년 낙엽은 길마다 연기로 변했지만,
작년의 쓰라린 사랑은 내 가슴에 쌓여 남아 있고,
옛 생각들도 제 안에 머물러 있습니다.
가기 두려운 곳이 너무 많고—
그에 대한 기억으로 넘쳐나는 곳 많습니다.
그의 발 디뎌본 적 없고, 그의 얼굴 빛나본 적 없는
어느 한적한 곳을 편안한 마음으로 들어서면서
전 말합니다, "여기는 그와의 기억이 없어!"
그렇게 괴로워하며 멈춰 섭니다. 그렇게 그를 기억하면서.

What lips my lips have kissed, and where, and why,

What lips my lips have kissed, and where, and why,

I have forgotten, and what arms have lain

Under my head till morning; but the rain

Is full of ghosts to-night, that tap and sigh

Upon the glass and listen for reply,

And in my heart there stirs a quiet pain

For unremembered lads that not again

Will turn to me at midnight with a cry.

Thus in the winter stands the lonely tree,

Nor knows what birds have vanished one by one,

Yet knows its boughs more silent than before:

I cannot say what loves have come and gone,

I only know that summer sang in me

A little while, that in me sings no more.

어느 입술이 내 입술에 키스했는지, 어디서, 어째서 그랬는지

어느 입술이 내 입술에 키스했는지, 어디서, 어째서 그랬는지,
저는 다 잊었습니다, 그리고 아침이 될 때까지
어느 팔이 내게 팔베개를 해줬는지도요, 그러나 오늘 밤
내리는 비에는 창을 톡톡 치며 한숨 지으며 내 대답을
기다리는 유령들로 가득합니다.
그리고, 제 마음속을 침묵의 고통이 휘젓습니다.
이제 다시는 한밤중에 울부짖으며 나를 찾아올 일 없는,
기억도 나지 않는 그 젊은이들 생각으로.
그렇듯 외로운 나무 하나 겨울에 서 있습니다,
어떤 새들이 하나둘 사라져 갔는지 나무는 결코 알지 못해도
가지들이 이전보다 잠잠해진 것은 압니다.
어느 사랑이 제게 왔다 갔는지 말할 수는 없습니다,
하지만 어느 한때 내 안에서 여름이 노래했었고
이제는 더 이상 내 안에서 노래하고 있지 않다는 그것만은 잘
알고 있습니다.

When I too long have looked upon your face

When I too long have looked upon your face,

Wherein for me a brightness unobscured

Save by the mists of brightness has its place,

And terrible beauty not to be endured,

I turn away reluctant from your light,

And stand irresolute, a mind undone,

A silly, dazzled thing deprived of sight

From having looked too long upon the sun.

Then is my daily life a narrow room

In which a little while, uncertainly,

Surrounded by impenetrable gloom,

Among familiar things grown strange to me

Making my way, I pause; and feel, and hark,

Till I become accustomed to the dark.

아주 한참 동안 그대 얼굴 쳐다보고 있노라면

아주 한참 동안 그대 얼굴 쳐다보고 있노라면
주변의 희뿌연 빛을 빼고는
광채 나는, 가려지지 않은 그 환함을,
그리고 견디기 힘든 소름 끼치는 아름다움이 보인다.
해를 너무 오래 보고 있으면 그렇듯
멍해지고 순간 눈이 먼 듯해져
마지못해 당신의 빛에서 돌아서서
안절부절못하고, 마음 풀린 사람처럼 서 있게 된다.
그러면 내 일상은 잠시, 불확실하게,
뚫고 들어갈 수 없는 어둠으로 에워싸인,
내게 친숙한 것들이지만 낯선 것이 된,
좁다란 방이 된다.
길을 가다, 멈춰 서서 느끼고, 귀 기울인다,
그 어둠에 익숙해질 때까지.

Women have loved before as I love now

Women have loved before as I love now;
At least, in lively chronicles of the past —
Of Irish waters by a Cornish prow
Or Trojan waters by a Spartan mast
Much to their cost invaded — here and there,
Hunting the amorous line, skimming the rest,
I find some woman bearing as I bear
Love like a burning city in the breast.
I think however that of all alive
I only in such utter, ancient way
Do suffer love; in me alone survive
The unregenerate passions of a day
When treacherous queens, with death upon the tread,
Heedless and wilful, took their knights to bed.

옛날에도 여자들은 지금 나처럼 사랑을 했었다

옛날에도 여자들은 지금 나처럼 사랑을 했었다.

적어도 역사책에는 생생히 적혀 있다,

사랑을 좇아, 엄청난 대가를 치르면서도,

콘월의 배는 아일랜드 바다를 가로질렀고,

스파르타의 배는 트로이 바다를 항해했었다.

나머지는 건너뛰며, 오직 사랑과의 연결선만을 따라가다가

나처럼 사랑을 했던, 가슴속에서 불타는 도시처럼 사랑을 했던,

여자들을 발견했다.

하지만, 나는 지금 살아 있는 모든 이들 중에서,

그처럼 심오하고 시간을 초월해서 사랑을 하고 있는,

배려심 없고, 고집스럽게, 다가올 죽음을 숨겨가며,

발걸음을 옮기는 저 배신의 여왕들이 자신들의 기사들을 침대로 데려가던,

다시 올 수 없는 지난 시절의 그 억제되지 않은 열정을 간직하고 있는,

유일한 사람이다.

해설

자유와 격정의 시인, 빈센트 밀레이

강문순

　미국의 시인이자 극작가인 에드나 세인트 빈센트 밀레이는 소위 광란의 20년대(Roaring Twenties), 재즈 시대(Jazz Age)의 중심인물이며 이후 뉴욕을 중심으로 활약했던 저명한 사회운동가이자 페미니스트였다. 1923년에『하프로 옷을 짜는 여자의 노래*Ballad of the Harp-Weaver*』로 여성 시인으로는 최초로 시 부문 퓰리처상을 받았다. 1943년에는 미국 시인협회에서 시상하는 프로스트 메달(Frost Medal)을 받은 두 번째 여성 시인이 되었다. 밀레이는 에드먼드 윌슨(Edmund Wilson)으로부터 "우리 시대에 영어로 시를 쓰는 유일한 시인"이라는 호평을 받기도 했지만 1930년대에는 시 형식과 주제가 너무 전통적이라는 이유로 비평계의 관심으로부터 멀어지다가 1960~1970년대에 페미니즘 문학비평의 등장으로 비평계의 주목을 받는 시인이 되었다.

　작품 활동 시기에 밀레이만큼 작품이 많이 팔리고 시구절이 많이 인용된 작가가 없을 정도로 독자들로부터 많은 사랑을 받았다. 결혼 이전이나 이후에도 수많은 남성들과 사랑을 나눴지만 밀레이가 평생 사랑한 대상은 시였다. 밀레이는 자연, 사랑, 상실, 죽음, 영혼의 재탄생 같은 인간의 삶과 관련된 보편적인 주제들을 서정시, 소네트(sonnet), 발라드(ballad), 비가(elegy)의 형식으로 아름답게 그리고 격정적인 감정으로 그

려냈다. 또한 밀레이는 관습적인 젠더 역할을 전복하는 시로 독자들을 충격에 빠뜨리기도 했는데 전통적인 여성의 역할, 즉 적극적으로 다가서는 남성의 구애를 받기만 하는 수동적인 여성상이 아니라 여성 스스로가 욕망하고, 남성에게 적극적으로 구애하는 여성상을 그렸다. 이 외에도 한 개인의 독창성, 사회정의에 대한 관심도 밀레이 시의 일부분을 구성하고 있다.

빈센트 밀레이는 1892년 2월 22일에 메인(Maine)주의 해안 도시 록랜드(Rockland)에서 간호사 어머니와 교사 아버지 사이에서 세 딸 중 맏이로 태어났다. 사이가 좋지 않았던 부모는 별거를 하다가 1904년에 정식으로 이혼하고 밀레이와 두 딸들은 엄마와 같이 살기 시작했다.

가난으로 한곳에 정착하지 못하고 이 도시 저 도시를 옮겨 다니며 살아야 했지만 책 읽는 것과 음악 듣는 것을 좋아한 밀레이의 엄마는 셰익스피어(William Shakespeare), 밀튼(John Milton) 같은 작가들의 고전 작품을 곁에 두고 살았으며, 실제로 딸들에게 읽어주기도 했다. 엄마가 일을 나가지 않는 날이면 세 자매는 시, 노래 가사, 혹은 짧은 이야기들을 쓰면서 어머니와 같이 시간을 보냈다. 이처럼 세 자매는 어린 시절부터 문학과 음악을 자연스럽게 경험하면서 자랐다.

이후 밀레이 가족은 메인주의 캠든(Camden)이라는 곳의 작은 집에 정착을 하게 되고 이곳에서 써서 발표한 시로 밀레이는 처음으로 문학적 명성을 얻기 시작한다. 열네 살이 되던 해 밀레이는 "Vincent Millay" 혹은 "E. Vincent Millay"라는 이름으로 아동 잡지에 시를 기고하기 시작했고, 발표한 시로 상을 받았다. 고등학교 때는 학교 잡지의 편집 일을 했고 학교 연극 대본을 쓰기도 하고 가끔씩 직접 연기도 했다. 고등학교 졸업 후에는 가난으로 대학 진학을 포기하고 캠든의 집에서 일하는 어머니 대신 집안일을 도맡아 했다.

1912년 밀레이가 정신 내면의 각성을 그린 "재생*Renascence*"이라는

181

장편 시를 발표했을 때가 고작 스물한 살 때였다. 엄마의 제안으로 참가한 전국 시 경연 대회에서 주요 상 수상에는 실패했지만 이후 『서정적 세월 *The Lyric Year*』이라는 시집에 이 시가 실리면서 본격적으로 문단의 주목을 받기 시작했다. 비평가들은 "재생 *Renascence*"을 이 시집에 실린 모든 시 중 가장 뛰어난 시라고 호평했다.

문단으로부터 재능을 인정받는 상황에서도 밀레이는 여전히 가난 속에서 미래에 대한 희망 없는 우울한 나날을 보내며 살고 있었는데, 우연히 밀레이의 재능을 알아본 한 후원자의 도움으로 여자 명문 대학인 바사르 칼리지(Vassar College)에 입학하여 문학과 연극을 전공한다.

흡연, 음주, 카드 게임, 남성들과의 문란한 생활 등 평소 자유분방한 삶을 살던 밀레이에게 엄격한 규율을 요구하는 대학 생활은 지옥 같았지만 글쓰기는 계속하여 대학에서 유명해졌다. 대학생 밀레이는 본격적으로 자신의 시적 재능을 발휘하기 시작했다. 발표한 시로 문학상을 수상하여 문단의 주목을 받기 시작하고 나중에 시인 밀레이 하면 떠오르는 보헤미안적 삶을 본격적으로 실천하기 시작한 때가 바로 대학 재학 기간 중이었다. 한때 학칙의 부당함을 주장하며 학칙 저항 운동을 벌여 징계를 받아 졸업이 취소될 위기가 있었지만 대학 총장의 결단으로 간신히 졸업을 할 수 있게 된다.

졸업 후 1910년대부터 1920년대 초반까지 밀레이는 예술가들이 모여 사는 뉴욕의 그리니치 빌리지(Greenwich Village)에 살면서 시 작업을 계속 이어나갔고, 종종 연극배우로 활동하기도 했다. 그곳 사람들 중 밀레이의 시와 산문을 모르는 사람이 없을 정도로 밀레이의 작가로서의 명성은 계속 쌓여갔고, 시의 내용과 시인의 행동으로 인해 자유로운 영혼을 가진 반사회적 인물이라는 평가를 받기도 했다. 이 시기에 『재생 외 *Renascence and Other Poems*』(1917), 『엉겅퀴에서 나온 몇 개의 무화과 *A Few Figs from Thistles*』(1920), 『두 번째 4월 *Second April*』(1921)이 출간됐고 여러 편의 시가 유명 잡지에 실리기도 했지만 시 작품을 잡지에 게재하는 것만으로는 생계를 꾸려나가기가 힘들어 '낸시 보이드(Nancy Boyd)'라는 필명으로 단편소설, 풍자 글들을 발표했다. 밀레이는 1920년대 초기까지 세계에서 가장 잘 알려진 여성 시인 중 한 명으로 인정받았다.

1918년에 밀레이는 6년 동안 편지로만 교제해 오던 아서 피크(Arthur Ficke)를 실제 처음 만나 짧지만 격정적인 연애를 했는데, 『두 번째 4월』에 실린 여러 편의 소네트는 그와의 관계에서 영감을 얻은 것들이다. 니카라과 시인 살로몬 데 라 셀바(Salomon de la Selva)와 보낸 하룻밤의 경험을 그린 시 「기억Recuerdo」과 "내 초는 양 끝에서 타고 있다"라는 구절이 들어 있는 카르페디엠적인 4행시 「첫 번째 무화과 First Fig」는 당시 미국의 재즈 시대(Jazz Age)의 정신을 대변하는 모토가 되었다.

1921년에 떠난 유럽 여행에서 귀국한 1923년에 시집 『하프로 옷을 짜는 여인 외The Harp Weaver and Other Poems』를 출간했다. 그해 밀레이는 시집 『엉겅퀴에서 나온 몇 개의 무화과A Few Figs from Thistle』, 『하프로 옷을 짜는 여인의 노래The Ballad of the Harp-Weaver』와 여덟 편의 소네트로 시 부문 퓰리처상을 수상했다. 여덟 편의 소네트 중 몇 편은 밀레이가 연인 피크에게 바치는 시였다.

시간이 지나면서 밀레이의 시적 목소리가 성숙해지는 만큼 사랑에 관한 밀레이의 철학도 완성되어 갔다. 한때 그리니치 빌리지에 머물렀던 밀레이는 오로지 순간만을 위해 살면서 후에 밀레이 시의 영감이 되었던 잠깐잠깐의 연애를 지속했다. 밀레이는 자유로운 사랑을 원했고 연인을 위해 자신을 포기하는 사랑은 하지 않으려 했다.

여러 연인과 여러 다양한 관계를 경험한 후 밀레이는 사랑에서의 실체와 내구력을 더 추구하게 되었다. 1923년에 유명한 여성 참정권 운동가인 이네즈 밀홀랜드(Inez Milholland)의 전남편 오이겐 보이세바인(Eugene Boissevain)과 사랑에 빠진 후 몇 달 후 결혼식을 올렸다. 당시 밀레이는 장과 관련된 질병을 앓고 있었는데 마침 공교롭게도 결혼식 당일 병원에서 수술을 받았다.

1925년 신혼여행으로 떠났던 세계 일주 크루즈 여행에서 귀국한 후 밀레이와 오이겐은 뉴욕주 오스터리츠(Austerlitz)의 스티플탑(Steepletop)이라는 산골 작은 마을에 주택과 토지를 구입했다. 당대 유명 예술가들과 지식인들이 모여 인습과 규범을 전복하는 그 전설적인 파티를 벌인 곳으로 유명해진 장소가 바로 이 집이다. 밀레이가 시 작업에만 온전히 전념할 수 있도록 집안일을 도맡아서 할 정도로 밀레이에 대한 남편 오이겐의 사랑은 헌신적이었다. 이곳에서 밀레이는 시집 다섯 권을 출간했고, 1927년에 메트로폴리탄 오페라(Metropolitan Opera)에서 공연된 〈킹스 헨치맨(The King's Henchman)〉의 오페라 가사를 썼다.

1920년대 후반부터 밀레이는 정치문제에 관심을 두기 시작하여 주로 사회정의를 외치고 나치 독일의 군국주의의 발호를 경고했다. 특히 1927년에는 여러 지식인들과 함께 보스턴에서 사코(Sacco)와 반제티(Vanzetti) 구명을 요구하는 시위에 동참했다가 수감되었다. 두 사람이 처형되기 전날 밀레이는 이들이 당한 부당함을 고발하는 시 「매사추세츠에서 부정된 정의 Justice Denied in Massachusetts」를 ≪뉴욕타임스 New York Times≫에 기고했다.

1920년대와 1930년대에 밀레이는 미국 전역을 순회하면서 자신의 시 낭송회를 열었다. 청중들은 밀레이의 선명하고 극적인 목소리와 낭송 방식, 그리고 그녀가 무대에 설 때 입는 우아한 긴 가운에 매혹되었다. 36세가 되는 해인 1928년에 시카고에서 낭송회를 하던 밀레이는 당시 스물두 살 청년 시인 조지 딜런(George Dillon)과 사랑에 빠졌다. 시집 『치명적인 인터뷰 Fatal Interview』에 실린 쉰두 편의 연작 소네트 중 여러 편이 이 시인과 나눴던 격정적인 사랑을 그리고 있고, 이 시집은 1931년 한 해에만 오만 부가 팔릴 정도로 대중들에게 인기가 있었다. 이후 두 시인의 열정적인 사랑은 식었지만 두 사람은 1936년에 프랑스 시인 샤를 보들레르(Charles Pierre Baudelaire)의 『악의 꽃*Fleurs du Mal*』을 공역으로 출간했다. 아내에게 헌신적이고 개방적이고 밀레이처럼 자유연애를 신봉했던 남편 오이겐은 이 두 시인의 사랑을 묵인해 주는 것은 물론이고 심지어 시인 밀레이에게 필요한 시적 영감의 원천으로 이해했다.

바닷가 출신으로 늘 바다를 그리워하던 밀레이는 1933년 여름 별장용으로 레기드 아일랜드(Ragged Island)라는 섬을 구입했다. 1934년 시집 『이 포도들로 만든 와인*Wine From These Grapes*』을 출간한 후 얼마 있다가 달리고 있던 차에서 떨어져 어깨 쪽 신경에 부상을 당해 모르핀 진통제에 의존하지 않으면 정상 생활이 불가능할 정도로 그녀의 건강은 계속 내리막길을 걷고 있었다.

강력한 반전 반대주의자로서 미국의 제2차 세계대전 참전을 선동하는 내용을 담은 시집 『화살에 광을 내라*Make Bright the Arrows*』를 출간했던 1940년대는 시인 밀레이의 경력에서 보면 내리막이었다. 내용의 시의성 때문에 서둘러 출간한 이 시집을 그녀를 열렬히 지지하던 평자들은 외면했다. 게다가 독일 군인의 공격으로 파괴된 체코 마을의 처참한 상황을 고발하는 극적 서사시 「리디체 대학살*The Murder of Lidice*」에 대한 평자들의 혹독한 평가는 밀레이의 평판에 많은 손상을 입혔으며 밀레이의 건강은 악화 일로를 걷게 된다. 여기에 더해 1943년에는 여동생 캐슬린(Kathleen)과 밀레이의 책을 주로 출간하던 출판사 Harper & Row의 편집자 유진 섹스턴(Eugene Saxton)이 급작스럽게 사망하기까지 한다. 우울증과 모르핀 중독으로 밀레이는 신경쇠약증으로 최악의 건강상태가 되며 급기야 입원을 할 수 밖에 없게 된다. 몇 달이 지나 퇴원을 하고 집으로 복귀한 1945년에 그녀의 옛 연인 아서 피크도 사망한다. 이후 건강이 조금 나아지지만 1949년 남편 오이겐의 죽음으로 밀레이는 낙담과 술에 빠져 있다가 또 다시 병원 신세를 지게 되고 이후 사망

하기 전까지 스티플탑의 집에서 홀로 우울과 실의와 비통함으로 지낸
다.

1950년 가을에 새로운 시집 출간을 준비하던 중 10월 18일 저녁에
집 계단에서 떨어져 사망하게 되어 끝내 계획한 시집이 출간되는 것을
보지 못한다. 그 시집은 밀레이 사망 후인 1954년에 출간됐다. ≪뉴욕타
임스≫는 그녀의 죽음을 알리는 부고 기사에서 그녀를 "가장 위대한 미
국 시인 중 한 명"이라고 평가했다.

* * *

밀레이의 시에는 시인의 개인적 경험과 인간 삶에 대한 예리한 관찰
을 통해 깨달은 삶의 보편적 진실을 반영하는 여러 다양한 주제가 담겨
있다. 밀레이의 시에서 가장 많이 등장하는 주제는 사랑에 대한 탐구다.
열정, 욕망, 상처, 관계의 복잡성을 연인 간의 역학, 새로운 사랑의 환희,
이별의 고통, 그리고 사랑으로 인한 절망 등을 때로는 통속적인 사랑이
아니라 인습과 윤리를 뛰어넘는 영역으로 확대시키면서 사랑의 본질을
탐구한다. 사랑 못지않게 밀레이의 시에 영감을 주는 주제는 자연이다.
밀레이는 나무, 풀, 꽃, 비, 눈, 산, 바다, 물, 새, 풍경, 계절의 모습 등을
생생하게 묘사하여 자연을 인간의 감정과 경험의 은유로 사용한다. 밀
레이의 자연은 아름답기도 하고 추하기도 하며 온화하지만 무심한 존
재이기도 하기도 하며 강력하며 잔인하기도 하다. 또한 밀레이의 시는
정체성과 자아의 탐색을 그리고 있는데, 자아를 찾아가는 여정, 삶의 의
미와 목적, 개체의 복잡성을 내적 반성과 개인적 경험에 기반하여 묘사
한다. 밀레이의 시에서 빠질 수 없는 또 하나의 주제는 죽음과 삶의 초
월성이다. 삶의 덧없음과 죽음의 불가피성을 시간의 흐름으로 인한 존
재의 무상함과 연약함으로 묘사하면서 현재 순간의 긴급함, 통렬함과

중요성과 삶과 죽음의 신비를 표현한다. 독립적인 영혼과 여성주의를 옹호하는 시인으로 알려진 대로 밀레이는 자유, 자율성 및 자기 표현의 추구를 찬양하며, 개인의 권리를 주장하고 사회적 규범을 깨는 용기를 시에서 그리고 있다. 다른 주제들만큼 두드러지지는 않지만, 밀레이의 시는 때로는 전쟁, 불공정, 불의 및 불평등과 같은 시대적, 사회 및 정치적 문제를 고발한다. 사회적 약자, 전쟁의 희생자 등, 억압된 이들에게 동정을 표하며 폭력을 비난하고 사회적 변화를 주장한다. 전반적으로, 밀레이의 시는 감정적인 깊이, 지적인 통찰력 및 서정적 아름다움으로 특징지어진다. 이러한 주제들에 천착하는 밀레이의 시는 독자들에게 인간 경험의 복잡성을 고려하고, 그녀의 말들 속에서 위로와 영감, 의미를 찾게 해줄 것이다.

이런 다양한 주제는 다양한 시 형식을 통해 전달된다. 우선 밀레이는 다른 현대 시인과 달리 일반적으로 사랑, 욕망 및 죽음과 같은 주제에 최적화되어 있다고 알려져 있는 전통적인 14행으로 이루어진 정형시인 소네트 형식을 매우 능숙하게 사용했다. 그리움, 기억 혹은 존재적 사색을 다룬 주제를 표현할 때는 빌라넬 형식을 사용했다. 빌라넬(villanelle) 시 형식이 갖고 있는 반복적인 구조는 감정적인 울림을 더욱 높여준다. 이처럼 전통적인 시 형식을 능숙하게 사용하면서도 현대 시인답게 자유 시(free verse) 형식도 실험적으로 사용한다. 보(meter)와 운율(rhyme)의 제약에서 벗어나 더 유기적이고 유연하고 자유로운 방식으로 감정과 생각을 표출한다. 밀레이는 때때로 이야기를 하는 서사 방식과 단순한 운율 체계를 가진 발라드(ballad) 형식을 사용하여 사랑, 상실, 및 모험과 같은 주제를 전달한다. 발라드라는 형식으로 밀레이는 자신의 이야기의 즉시성과 접근성을 확장시켜 시의 음악성과 생동감 넘치는 이미지를 제공한다. 밀레이의 시 대부분은 개인적인 감정과 경험을 바탕으로 감정적인 강렬함, 음악성 및 내적 성찰을 특징으로 하는 서정 시(lyric poem)로 분류할 수 있다. 밀레이가 표현하고자 하는 사랑, 자연, 자아 정체성과 같은 주제 탐구에 매우 유용한 형식이다.

밀레이의 시에 대한 비평가들의 평가는 실로 다양하다. 1910년대 후반부터 1920년대 초반까지 밀레이의 시는 서정성, 지적 순발력, 전쟁 후 시기를 매력적으로 재현했다는 이유로 대체로 호의적이었다. 그러나 1930년대에 밀레이의 문학적 위상은 내려가기 시작했다. 실험적인 새로운 형식을 시도하는 현대 시인들의 작품과 비교했을 때 밀레이의 시는 상대적으로 시대에 뒤처지는 인상을 준다고 비판받았는데, 그 원인은 밀레이가 소네트와 같은 전통적인 시 형식을 과도하게 많이 사용했다는 데 있다. 밀레이의 시에 대한 또 다른 비판은 밀레이의 초기 작품 중 대중에게 많이 알려진 작품들에는 진지한 주제가 결여됐다는 것이다. 정치적·사회적·철학적 주제에 초점을 맞춘 밀레이의 후기 시들을 비판하는 평자들은 그녀의 개인적 작품들이 오히려 더 감동적이고 호소력이 더 크다고 판단한다. 『눈 속의 수사슴The Buck in the Snow』(1940) 같은 시집이 밀레이가 초기에 쓴 개인적 시에 못 미친다고 확언하기도 하며, 심지어는 후기 작품집에서 밀레이의 시적 재능이 쇠퇴하고 있음을 찾을 수 있다고까지 주장하기도 한다. 제2차 세계대전 기간에 발표한 『화살에 광을 내라Make Bright the Arrows』(1940)에 실린 시들은 시가 아니라 일종의 프로파간다라는 비판을 흔히 듣는다. 밀레이 사후 수십 년 간 그녀는 그녀가 쓴 작품으로가 아니라 종종 재즈 시대(Jazz Age)의 삶을 공부할 때 잠시 언급되는 별로 중요하지 않은 서정 시인 정도로만 인식되곤 했다.

그러나 최근 들어서 페미니스트 비평가들 사이에서 밀레이의 작품에 대한 재평가가 일어나고 있다. 밀레이의 시가 여성의 역할을 재정의하고 있다고 페미니스트 비평가들은 찬사를 보내고 있다. 이들은 해방된 여성상을 그린 밀레이의 초기 작품들에 주목하면서『치명적인 인터뷰*Fatal Interview*』를 서정적 연애시에 여성의 관점을 포함시켰다는 점에서 그리고 연애시를 혁명적으로 재형상화하는 시라고 극찬하고 있다. 지적인 차원에서 봤을 때 밀레이의 시는 너무 피상적이라는 비판도 바뀌었다. 심지어 시인이 쓴 활기찬 생명력을 묘사하는 시에서도 나약함, 고통, 희생이라는 이미지가 발견된다고 주장하는 비평가도 있다. 밀레이는 상대적으로 정치성을 잘 드러내지 않는 현대 남성 시인들을 선호하여 밀레이의 작품을 폄훼하는 비평가들의 성적·정치적 편견의 희생물이라고 주장하는 평자들도 있다. 밀레이의 시가 과거에 누렸던 명성을 아직 되찾지는 못한 상황이지만 밀레이가 위대한 미국 시인 중 한 명이라는 점은 분명하다.

밀레이 시의 세계를 탐구하는 것은 마치 심오한 감정과 지적 탐구의 여행을 시작하는 것과 같다. 그녀의 시는 사랑이라는 복잡한 존재에 대하여, 인간 삶에 대하여, 의미화와 완성을 향한 지속적인 탐색에 대하여 숙고하게 한다. 밀레이의 시가 열정적인 사랑에서 느끼는 황홀함을 그리고 있든, 혹은 마음이 찢어지는 비통함을 그리고 있든, 밀레이의 언어는 우리들에게 시간을 초월하여 삶의 진실을 말해주는, 우리를 바꾸는 힘을 가지고 있다.

작가 연보 —————————————————————————————

1892년   2월 22일 미국 메인주 록랜드에서 출생.

1913년   바사르 칼리지 입학.

1917년   『재생 외』 출판.

1920년   『엉겅퀴에서 나온 몇 개의 무화과』 출판.

1921년   『두 번째 4월』 출판.

1922년   『하프로 옷을 짜는 여인의 노래』 출판.

1923년   시 부문 퓰리처상 수상. 오이겐 얀 보이세바인과 결혼.

1928년   『눈 속의 수사슴』 출판.

1931년   『치명적인 인터뷰』 출판.

1934년   『이 포도들로 만든 와인』 출판.

1941년   『시전집』 출판.

1943년   로버트 프로스트 메달 수상.

1949년   『시전집』 출판. 남편 오이겐 얀 보이세바인 사망.

1950년   10월 19일 미국 뉴욕주 오스터리츠에서 58세로 사망.

지은이 에드나 세인트 빈센트 밀레이

에드나 세인트 빈센트 밀레이(Edna St. Vincent Millay)는 미국의 시인이자 극작가이다. 1892년 미국 메인주 록랜드에서 출생했으며, 1912년 장편시 "재생(Renascence)"으로 문단의 주목을 받기 시작했다. 바사르 칼리지를 졸업하는 해인 1917년에 첫 번째 시집 『재생 외』를 출간했고, 대학 졸업 후에는 뉴욕시의 그리니치 빌리지에 정착해 살면서 '낸시 보이드(Nancy Boyd)'라는 필명으로 단편소설과 풍자 글을 쓰는 한편, 시를 여러 유명 잡지에 지속적으로 게재했다. 1920년에 여성의 성애와 페미니즘을 적나라하게 묘사하여 많은 논란을 불러온 시집 『엉겅퀴에서 나온 몇 개의 무화과』를 출간했고, 1923년에는 시집 『하프로 옷을 짜는 여인의 노래』로 시 부문 퓰리처상을 수상했다. 밀레이의 시에서 가장 많이 등장하는 주제는 사랑에 대한 탐구다. 열정, 욕망, 상처, 관계의 복잡성을 연인 간의 역학, 새로운 사랑의 환희, 이별의 고통, 그리고 사랑으로 인한 절망 등을 때로는 통속적인 사랑이 아니라 인습과 윤리를 뛰어넘는 영역으로 확대시키면서 사랑의 본질을 탐구한다.

1923년에 밀레이에게 너무나 헌신적인 오이겐 얀 보이세바인과 결혼하여 26년을 함께 살았으며, 1950년 10월 18일 뉴욕주 오스터리츠에서 58세로 사망했다.

옮긴이 강문순

한남대학교 영어교육과 교수이다. 옮긴 책으로 『노인과 바다』, 『동물농장』, 『책 대 담배』, 『낭만시를 읽다』(공역), 『젠더란 무엇인가』(공역), 『문화코드, 어떻게 읽을 것인가 1』(공역) 등이 있다.

한울세계시인선 07

한때 내 안에서 여름이 노래했었고
에드나 세인트 빈센트 밀레이 시선집

지은이 | 에드나 세인트 빈센트 밀레이
옮긴이 | 강문순
펴낸이 | 김종수
펴낸곳 | 한울엠플러스(주)
편집책임 | 조수임
편집 | 정은선

초판 1쇄 인쇄 | 2024년 6월 5일
초판 1쇄 발행 | 2024년 6월 25일

주소 | 10881 경기도 파주시 광인사길 153 한울시소빌딩 3층
전화 | 031-955-0655
팩스 | 031-955-0656
홈페이지 | www.hanulmplus.kr
등록번호 | 제406-2015-000143호

Printed in Korea.
ISBN 978-89-460-8318-9 03840

※ 책값은 겉표지에 표시되어 있습니다.